文學千山路

——民國作家評賞

朱嘉雯 著

五南圖書出版公司 印行

唯有文人，抓住了他的時代

理論上我們生活在哪個時代，就會寫出屬於那個時代的文字。潮流本身像是漩渦，將每一個人都推擠進了無底洞，我們只能在深淵裡尋求超拔；而尤其是在愛的艱難歲月中，掙扎著匍匐前進……。

有時候我們認不清自己的時代，便要往前追尋，回憶過往，呼吸一股異樣的空氣，那感覺也像是在探索未知的遠景，前程充滿了鮮活好奇的人生景象，這就是一直以來我對五四時期許多文人所懷抱的憧憬。有點像是伍迪・艾倫的電影《午夜巴黎》，劇中男主角滿腦子懷舊情緒，他愛在塞納河畔遊走，尤其是在雨中。一輛歡鬧中疾駛而來的古董轎車，卻載他回到了上個世紀二十年代，男主角因此結識了畢卡索、達利、海明威和費茲・傑羅。他無疑是去到了一個美好年代，當時的巴黎有這麼多詩人、畫家、小說家和藝術家。

民初的文人群像也曾經有過一場羅曼蒂克的明星盛宴！徐志摩說：「我有一個戀愛，我愛天上的明星，我愛它們的晶瑩，人間沒有這異樣的光明……。」沈從文說：「我行過很多地方的橋，看過許多次數的雲，喝過許多種類的酒，卻只愛過一個正當最好年齡的人……。」朱自清說：「我愛看你的騎馬，在塵土裡馳騁——一會兒，不見蹤影！我愛看你的手杖，那鐵的手杖；它有顏色，有斤兩，有錚錚的聲響！我想你是一陣飛沙，走石的狂風，要吹倒那不能搖撼的黃金的王宮！那黃金的王宮！」

我們在五四文人詩的小船中，輕輕地搖盪著，恍如搖籃。卻不想睡，只想站在小艙中溫習一個時代，試著伸手摘取滿船的星輝。

當星子落在我的手中，瞬間化成一面閃耀的魔鏡，鏡中顯現林徽因掩面傷情，她也許是害怕重蹈母親的覆轍，因而離開了徐志摩，然而又不曾眞正離開過他。鏡中的胡適由青澀的留學生逐漸蛻變爲國際學者、駐美大使，卻只在無人知曉的時間裂縫裡，偷偷前往綺色佳，對於大他六歲的韋蓮司「懷著愛，一如既往。」

鏡中的朱自清突然改換成小女子、小媳婦的口吻，哀哀切切地訴說著自己愛笑的天性與不笑的歷史：「那時我家好像嚴寒的冬天，我便像一個太陽。所以雖是十分艱窘，大家還能夠快快活活的過日子。」、「初到你家的時候，滿眼都是生人！我孤鬼似的，便是你，也是個生人！我時時覺得害怕，怕說錯了話，行錯了事。他們也再三教我留意。這顆心總是不安的，那裡還會像在家時那樣笑呢？便是有時和他們兩個微笑著，聽見人聲，也就得馬上放下面孔，做出莊重的樣子。」女性意識的覺醒正是五四最宏亮的聲音。唯有文人，抓住了他的時代。

還有呢，鏡中的吳宓，年輕時代遍遊歐洲，歷俄、英、法、德、比、瑞士等國，又在牛津大學和巴黎大學求學。一生學問極爲淵博。在清華大學執教期間，他就是「清華的一個精神力量。」到了文革期間，吳宓已是古稀老人，即使被打得左腿骨折，也堅持不批孔。「沒有孔子，中國仍在混沌之中！」他早年愛慕燕京大學陳仰賢，可是陳仰賢最喜歡葉公超；後來又愛上了袁永熹，可是袁永熹嫁給了葉公超；據說他也曾苦戀歐陽采薇，可嘆「薇最傾情於葉公超」。人生啊！說有多成功，就有多失敗！

最後，我又回到了自己的時代，一個最無情而又到處充滿了眞性情的時代！《午夜巴黎》的男主角也沒有繼續耽溺在已經流逝的歲月裡。他不再向上追尋文藝復興，並不是因爲不愛竇加和高更。而是因爲文藝復興應該就在現代，此時此刻，在你和我的眼中心中。

依然是徐志摩的那首詩，最牽動我的心：「在冷峭的暮冬的黃昏，在寂寞的灰色的清晨，在海上，在風雨後的山頂——永遠有一顆，萬顆的明星！」

朱嘉雯

目次

第一章 你不能做我的詩，正如我不能做你的夢——胡適 001

第二章 傳承學風——學衡派：梅光迪、胡先驌、吳宓 019

第三章 衣帶漸寬終不悔——王國維 037

第四章 貯滿一種詩意——朱自清 049

第五章 愛、自由與美——徐志摩 061

第六章 生怕情多累美人——郁達夫 077
第七章 因爲愛過，所以慈悲——張愛玲 089
第八章 女戰士的本色——謝冰瑩 101
第九章 典律的意義——琦君 119
第十章 所謂歷史——柏楊 139
第十一章 諷刺·戲擬·狂歡化——朱西甯 159

第一章

你不能做我的詩，
正如我不能做你的夢——胡適

也是微雲，也是微雲過後月光明，
只不見去年的遊伴，只沒有當日的心情。
不願勾起相思，不敢出門看月；
偏偏月進窗來，害我相思一夜。

作家小檔案

胡適，原名嗣穈，後改名適，字適之。安徽績溪上莊村人，新文化運動領袖，提倡文學革命，曾任北京大學校長、中央研究院院長、中華民國駐美大使，其著述甚豐，舉凡文學、哲學、史學、考據、教育、紅學研究等，各領域皆有所探究。他尤其主張以科學佐證從事文史考據。

一、百年家族

胡適祖上乃徽州明經胡，所謂「明經胡」，事涉一段隱密的傳奇故事。唐昭宗爲了躲避朱溫的叛亂，與皇后商量，將襁褓中的第十子交託給婺源人胡三公帶回家鄉隱匿。果然朱溫到達洛陽後，將昭宗的九個兒子都縊死。胡三公帶著皇十子逃回家鄉徽州，皇十子長大後，明白了自己的身世，改名爲胡昌翼，專心閉門研究經學，注疏《周易》，世人稱他爲「明經胡」。後來傳至胡適的父親胡傳，家業始經營茶商，因而家境富裕。胡傳曾五度參與鄉試皆未中舉，後經邊務欽差大臣吳大澂引薦而步入仕途，先赴海南，後協助治理黃河，並經辦江蘇稅務。

胡適生母馮順弟爲胡傳第三任妻子，胡適出生時，胡傳已年過半百。兩歲的胡適曾隨母前往臺灣，其後胡傳代理臺東直隸州知州，胡適亦隨父母親居住於臺東。胡傳當時辦公處位於今鐵花路一帶。胡鐵花奉調臺灣時，擔任全臺營務處總巡，隨後擔任臺南鹽務總局提調兼辦安嘉總館，辦理臺南府城鹽務。一八九三年，胡傳代理臺東直隸州知州兼統鎮海後軍各營屯，期間曾整頓軍紀並嚴禁鴉片。現今臺東舊火車站前的鐵花路，以及鯉魚山忠烈祠旁之「清臺東直隸州州官胡鐵花紀念碑」，都是當時歷史的見證。

一八九五年，胡傳完成《臺東州采訪冊》。這是一部紀錄並研究臺灣原住民部落人口的重要史料，與此同時，胡傳亦完成了另一著作《臺灣日記與秉起》。其中記載：「埔里所屬有南番，有北番。南番歸化久，初亦不茲事。北番出，則軍民爭殺之；即官欲招撫，民亦不從……。民殺番，即屠而賣其肉，每肉一兩值錢二十文，買者爭先恐後，頃刻而盡；煎熬其骨爲膏，謂之『番膏』，價極貴。官示禁，而民亦不從也。」這是記錄過往原住民遭漢人屠殺，甚至於被捕食的歷史文獻。甲午戰爭後，臺灣割讓予日本，胡適隨母親回到祖籍安徽績溪上莊，並進家塾。不久之後胡傳病逝於廈門。

二、舊式婚姻的幸福例子

胡適十三歲那年與江冬秀訂婚。江冬秀亦出身於書香門第，念過幾年私塾，些須識得字。關於其夫妻關係，胡適門生唐德曾言：「胡適大名重宇宙，小腳太太亦隨之。」胡適作爲文學巨匠和執掌五四大旗的舵手，同時也是新文化運動的領導者，他一生高舉自由、民主的思想，不曾須臾妥協，然而卻也始終伴隨著傳統禮教婚姻所迎來的小腳太太。在崇尚男女平等的啓蒙年代，既悍且賢的江冬秀，促使胡適提出一套新「三從四德」論。三從說的是：太太出門要跟從、太太命令要服從、太太說錯要盲從；其四德則爲：太太化妝要等得、太太生日要記得、太太打罵要忍得、太太花錢要捨得。

一九一七年，江冬秀和胡適完婚後，便隨胡適遷居北平。在長期的婚姻生活中，江冬秀從不委屈自己的性格，也不願遷就胡適。胡適一生喜好讀書，而江冬秀卻酷愛麻將，並且將麻將桌上贏的錢算成家庭重要收入之一。當時文化圈接觸新思想，崇尚自由戀愛，文人莫不希望尋得一心靈伴侶，詩人、戲劇家梁宗岱愛上了著名作家沉櫻，進而提出與原配何氏離婚之議。何氏性格軟弱，而江冬秀卻爲她出謀劃策，一旦事件進入法庭仲裁，江冬秀竟親自出庭爲何氏辯護。她在法官面前歷數梁宗岱之過，又描述何氏的勤儉持家，以及她如何悉心照顧梁氏。江冬秀滔滔不絕，侃侃而談，法官聽得入迷，對方律師更是啞口無言，最終法院宣告梁宗岱敗訴。江冬秀法庭一戰，轟動了北平！

其後，徐志摩離婚後，欲娶陸小曼；蔣夢麟與原配分手，要和陶曾谷相偕，都曾邀請胡適作媒與證婚，而江冬秀乃堅決不准，最後胡適不得不推掉了邀請。

江冬秀成爲五四時期捍衛原配妻子的鬥士，儘管改變不了時代潮流，然而她的強勢手段，對胡適仍有十分的嚇阻作用。尤其是面對幾乎要闖進她的生活，將她取而代之的曹誠英，她更是不惜以兒子的性命要脅胡適，進而將曹誠英逼退。一九二三年夏天，胡適向北大請假赴杭州養病，其後胡適和曹誠英同居共度晨昏，兩人一同數星星，看月亮，談論詩詞與人生。

胡適回北平後，提出了離婚的要求，江冬秀當場拿刀揚言：「你要離婚可以，那我就先把這兩個兒子殺了，然後再自殺，我們母子三人立刻死在你面前。」

然而綜論一生，胡適仍是感激江冬秀，尤其是在抗戰期間，江冬秀獨自帶著家人逃難，卻仍拚命保護胡適的書，日後胡適道：「北平出來的教書先生，都沒有帶書。只有我的七十箱書全出來了。這都是你一個人的大功勞。」

江冬秀生活能力好，尤擅長做徽菜，因此胡適總是樂得請學生親朋到家中聚餐。她也經常爲胡適的家人和學生們縫製棉衣褲，胡適學生羅爾綱曾回憶道：「師母是個體恤人情的人。」

江冬秀也經常勸胡適別踏足政壇，胡適於信中曾說：「現在我出來做事，心裡常常感覺慚愧，對不住你。你總勸我不要走上政治路上去，這是你在幫助我。若是不明大體的女人，一定巴望男人做大官。你跟我二十年，從不作這樣想……。我感到愧對老妻，這是眞心話。」胡適旅美期間，家族修建祖墳由江冬秀主持。其後胡適撰碑文道：「兩世先塋，於今始就。誰成其功，吾婦冬秀。」張愛玲也曾指出：胡適和江冬秀是「舊式婚姻罕有的幸福的例子」。

三、始終支持自由

胡適十三歲走出安徽，隨兄長到上海梅溪學堂讀書。一九〇五年轉入澄衷學堂。一九〇六年考進中國公學。一九〇八年入中國新公學並兼任英文教師。一九一〇年留學美國康乃爾大學，起初選讀農科，一九一五年轉入哥倫比亞大學哲學系，師從於約翰·杜威。一九一七年於《新青年》發表〈文學改良芻議〉，同時在這一年通過哲學博士學位考試，然未及獲博士學位即返國任北京大學教授。一九一九年接辦《每週評論》，因發表〈多研究些問題，少談些主義〉，引發問題與主義的論戰。

一九二二年，胡適任國立北京大學教務長兼代理文科學長，並創辦《努力周報》，與蔡元培、李大釗、陶行知、梁漱溟聯合發表〈我們的政治主張〉。一九二四年與陳西瀅、王世傑創辦《現代評論》週刊，一九二五年參與北京善後會議，隔年與郭秉文發起華美協進社，並展開為期將近八個月遊歷英國、法國、美國、日本諸國的旅程。一九二七年胡適正式取得哥倫比亞大學哲學博士學位，並與徐志摩合作成立新月書店。隔年創辦《新月》月刊，於《新月》發表〈人權與約法〉，推動人權，並撰寫〈我們什麼時候才可有憲法——對於建國大綱的疑問〉、〈知難，行亦不易—孫中山先生的「行易知難」說述評〉、〈新文化運動與國民黨〉等文。一九三〇年將人權問題諸文結集成《人權論集》，卻遭到國民黨政府查禁。胡適繼而提出〈我們走那條路〉強調：「要剷除打倒的是貧窮、疾病、愚昧、貪汙、擾亂五大仇敵」。

一九三二年胡適出任北京大學文學院院長兼中國文學系主任，同時邀請蔣廷黻、丁文江、傅斯年、翁文灝共同創辦《獨立評論》，他個人先後為此刊物撰寫了一千三百零九篇文章。一九三五年胡適接受香港大學名譽法學博士學位。一九三七年盧溝橋事變發生，蔣介石請胡適協助爭取美國的支持，胡適並於一九三八年出任中華民國駐美國大使。直至一九四二年他辭去此職，並開始旅居紐約以從事學術研究。一九四四年他在哈佛大學講學，到一九四五年便出任中華民國政府代表團赴舊金山出席聯合國制憲會議，並到倫敦出席聯合國教科文組織會議，參與制訂該組織的憲章。一九四六年回到北平出任北京大學校長。同年蔣介石向國民代表大會提出《中華民國憲法草案》，本草案由大會主席團主席胡適接受，且在十二月二十五日正式三讀通過。

一九四八年十一月中共解放軍兵臨北平城下，以電臺廣播呼籲胡適留任北京大學校長。十二月蔣介石派專機接運胡適、陳寅恪、錢思亮、李濟、勞榦等飛往南京。一九四九年三月蔣經國赴上海探訪胡適，請他前往美國遊說和平解決國共內戰問題，希望藉此尋求美國政府協助，然而四月十九日解放軍渡江，局勢已定，胡適在美國無力回天，因此發表《共產黨統治下決沒有自由：跋所謂〈陳垣給胡適的一封公開信〉》，同時《自由中國》創刊，胡適擔任發行人。四月二十二日，胡適於美國舊金山發表：「現在重要之事實，則爲中國政府已拒絕投降，此非僅四萬萬人民之命運所繫，即全世界之命運，恐亦隨之決定。……不管局勢如何艱難，我始終是堅定的用道義支持蔣總統的。」

一九五〇年胡適應聘至普林斯敦大學擔任葛思德東亞圖書館館長。一九五〇年代初期他時而回臺灣參與政治及學術活動。一九五五年大陸展開批判胡適運動，三聯書店出版《胡適思想批判論文彙編》，胡適在美國將此八冊彙編一一作了批註。一九五七年十一月，胡適當選中華民國中央研究院院長，隔年四月他回臺定居。

四、作品評析

胡適的《嘗試集》是中國現代文學史上第一部新詩集，此後有《嘗試後集》出版。《嘗試集》出版時，胡先驌撰〈評《嘗試集》〉表達對詩體解放及白話自由詩的不認同：

「至考其新詩之精神，則見胡君所顧影自許者，不過枯燥無味之教訓主義。以此觀之，胡君之詩，即捨棄形式不論，其精神亦僅爾爾。」此後，章士釗、胡懷琛皆強烈批判胡適的白話新詩。

此外，新文學陣營中也出現了批判的聲浪。錢玄同表示：胡適詩歌猶未能脫盡文言窠臼。朱湘認爲：「內容粗淺，藝術幼稚。」鄭振鐸亦指出：「朱自清的《蹤跡》遠遠超過《嘗試集》裡任何最好的一首。」連朱自清也在《中國新文學大系・詩集導言》中述及：胡適雖極力擺脫舊詩束縛，以發掘新詩的語言，然而好容易造成自己的調子，卻變化太少。至於胡適本人於〈談新詩〉一文中所指出的具體做法，便僅是比喻和說理，因此日後他回顧自己的新詩時也並不諱言：「我現在回頭看我這五年來的詩，很像一個纏過腳後來放大了的婦人，回頭看他一年一年放腳的鞋樣，雖然一年放大一年，年年的鞋樣上總還帶著纏腳時代的血腥氣。」

然而無論如何，胡適開一代詩風之先，在文學史上仍有其地位。康白情著《新詩年選》云：「適之首揭文學革命的旗，登高一呼，四方響應，其在中國文學上的地位是已定的了。」陳子展《最近三十年中國文學史》亦指出：「其實《嘗試集》的眞價値，不在建立新詩的規範，不在與人以陶醉於欣賞裡的快感，而在與人以放膽創造的勇氣。儘管你說他是微末之生存，而微末之生存不啻已死，但他對於文學革命、詩體解放的提倡和他那種前空千古、下開百世的先驅者的精神，是不會在一時反對者的舌鋒筆鋒之下而死滅的。」

中國千年詩歌傳統在現代文壇轉型與改變的時機上，胡適恰當地扮演引路人的角色。也許胡適當時對於新詩應該有的前景也不十分明確，然而有些大方向仍是在他的規劃中確立下來的，例如：不用典、不講陳腐套話等。胡適運用晚清以來西學中用的路數發展新詩，並讓它在中國文學的沃土上日漸茁壯。因此我們可以說，他為中國新詩的發展路徑提供了願景。胡適在新詩史上篳路藍縷之功，是不容忽視的，而當時文人對他的批判其實包含許多了新舊文化之爭，甚至於還有些是出於階級意識的相左，這些非文學的批判因子，導致其評論往往因人廢詩。其影響所及，在上世紀三、四十年代，甚至因階級意識之強化，使得胡適的新詩在歷史的曲折與起伏中幾乎湮沒無聞。

一九五〇年代以後，大陸對於胡適新詩的評價呈現非常慘澹的景象。臺灣與海外的評論則較為公允，例如：余英時、周策縱、唐德剛等著名胡學專家皆提出具有學界共識力的論述。周策縱在〈論胡適的詩〉指出：胡適因沒有虔誠的宗教信仰與理性太強等兩大稟賦不足，因此他的詩「清新者有之，朦朧耐人尋味者則無；輕巧者有之，深沉厚重者則無；智慧可喜者有之，切膚動人摯情者則無」。

新時期以後，大陸的學術界開始重新評論《嘗試集》，在胡適詩歌評論上，出現了新的主張，包括：從實際與歷史的角度出發，循思想內容及藝術形式兩條路線提出具體而深入的分析。是故胡適被推舉詩界革命領袖，他的作品呈現出既脫胎於傳統文化的影子，又折射出中國新詩在誕生乃至發展的歷程中，所出現的過渡色彩。而胡適除倡導白話詩，更曾經積極探索新詩體式的多元變化。例如《嘗試集》第一編有五言、七言、雜言等體制，行數不限而長短齊整，顯見保留了古典詩歌的形式。此外，詩集中亦有詞，包括：〈沁園春〉、〈百字令〉……等等。到了第二至三編，詩歌形式更爲多元自由，其詩往往分爲數節，每節行數不一，句式長短亦各不同，有時在同一首詩中有舊詩的齊整形式與新詩錯落現象並呈，雖然有時顯得實驗性強與雕琢太過，卻仍使我們感受到其勇於嘗試的用心。而詩集中純粹的自由散行則更眞摯地表達了詩人內心的感情。

事實上，胡適詩歌最主要的特色在說理，尤其是以詩來表達其社會關懷或對現實的主張，他也經常透過詩歌來闡述某些觀點，這樣的詩歌理念，甚至在當時開啓了一定的流行風潮。然而胡適畢竟是從舊傳統中走出來的詩人，因此他其實很難擺脫文人作風，時而以詩紀事，或與友朋相互酬唱贈答，便輕易而出，亦勢不可免。然而其詩歌語言有時也能呈現出新奇的設計，顯示他在新詩形式初建時亦對傳統有所認知與認同，因爲他必須在傳統中尋找歷史的脈絡，所謂：「白話入詩，古人用之多矣……縱觀古今文學變遷之趨勢，以爲白話文學種子已伏於唐人小詩短詞。及宋而語錄體大盛，詩詞亦多有用白話者。」他也特別重視新詩的音節與韻律，我們仍然可以將之視爲胡適對古典詩歌的借鏡。正是因爲如此，他的過渡性語言亦可說是表現在新詩與古典詩詞界限的曖昧性上，使得他的新詩一方面接近自然流暢的口語，但我們仍感受到有其格律之限制，尤其是在韻腳與平仄等方面，可說是不允許隨意變更的。

五、作品選讀

（一）〈秘魔崖月夜〉

依舊是月圓時，
依舊是空山，靜夜；
我獨自月下歸來，
這淒涼如何能解！
翠微山上的一陣松濤，
驚破了空山的寂靜。
山風吹亂了窗紙上的松痕，
吹不散我心頭的人影。

（二）〈多謝〉

多謝你能來，

慰我山中寂寞，
伴我看山看月，
過神仙生活。
匆匆離別又經年，
夢裡總相憶。
人道應該忘了，
我如何忘得了？

（三）〈也是微雲〉

也是微雲，也是微雲過後月光明，
只不見去年的遊伴，只沒有當日的心情。
不願勾起相思，不敢出門看月；
偏偏月進窗來，害我相思一夜。

（四）〈夢與詩〉

醉過方知酒濃，

愛過才知情重。
你不能做我的詩，
正如我不能做你的夢。

（五）〈舊夢〉

山下綠叢中，露出飛簷一角，
驚起當年舊夢，淚向心頭落，
對他高唱舊時歌，聲苦無人懂。
我不是高歌，只是重溫舊夢。

（六）〈三溪路上大雪裡一個紅葉〉

雪色滿空山，抬頭忽見你！
我不知何故，心裡很歡喜；
踏雪摘下來，夾在小書裡；
還想做首詩，寫我歡喜的道理。
不料此理狠難寫，抽出筆來還擱起。

（七）〈十一月二十四夜〉

老槐樹的影子
在月光的地上微晃；
棗樹上還有幾個幹葉，
時時做出一種沒氣力的聲響。

西山的秋色幾回招我，
不幸我被我的病拖住了。
現在他們說我快要好了，
那幽豔的秋天早已過去了。

（八）〈希望〉

我從山中來，
帶著蘭花草，
種在小園中，
希望開花好。

一日望三回，
望到花時過；
急壞看花人，
苞也無一個。

眼見秋天到，
移花供在家；
明年春風回，
祝汝滿盆花！

*　　*　　*　　*　　*

胡適是中國新詩的鼻祖，自一九一五年開始寫作白話詩，一九二〇年出版了中國第一本新詩集。《嘗試集》書名道出「嘗試」的初衷。事實上，胡適曾引用陸游詩云：「嘗試成功自古無」。然而詩人本身其實很希望能反其意而援引，亦即「自古成功在嘗試」。他在上述第四首〈夢與詩〉中，首先道出人們對夢的感覺，它是神奇而富於變幻的，因此它能夠將許多平常經驗中的事情曲意變化，因此使我們感受到種種神奇的意境。詩人從而得到了詩的聯想，亦即做夢和寫詩竟有如此類比性的感受，而事實上，詩人都是將生活中的平凡經驗與感覺，轉化為特殊的表達形式，進而形成詩歌的。胡適說：「醉過才知酒濃，愛過才知情重」，這便是將人生經驗轉為詩的慨嘆，他在樸素的修辭裡，表達出人生永恆的事理，因此〈詩與夢〉傳誦久遠，因為全詩藝術永恆的規律上，他已作出了最恰如其分的收攝。

至於第八首〈希望〉，這是一九二一年的作品，胡適即興地將瞬間當下的感受呈現出來，詩的名稱曾引發諸多揣測，或曰一九一九年胡適曾翻譯一首〈希望〉小詩，當時妻子江冬秀即將臨盆，因此詩名「希望」，表達詩人對新生命的期待。然而亦有人認為胡適於一九一七年回北京大學任教時，曾致力將民主和科學兩大觀念引進中國，可是到了一九二一年，他所有的期待仍是落空的，因此他寫蘭花草「苞也無一個」。另外也有評論指出：胡適主張文學革命，希望以白話取代文言，他雖作出了不斷的實驗與努力，可惜支持者寥寥，因此在一九二一年，他寫下這首詩表達失望。無論胡適寫這首詩用意何在，此詩文字質樸而意境清遠，很適度地展現詩人精神內涵的心憂與失落情懷，因此成為其著名的代表詩作。

第二章

傳承學風
——學衡派：梅光迪、胡先驌、吳宓

除了學術和愛情問題，一概免談。
——吳宓

國立中央大學二〇一五年適逢百年校慶。如此綿延輝煌的歷史，可溯源自清朝末年的三江師範學堂。當時正值西方工業強勢進逼，中國知識界極力思索國富民強之道，因此成立此學堂，以推動現代化教育。此後，兩江總督張之洞更在此基礎上，將學堂擴充爲新式學校，於一九〇六年正式更名爲兩江師範學堂。

辛亥革命之後，兩江師範學堂在江南仕紳的奔走下，於一九一五年改制爲國立南京高等師範學校，第一任校長爲江謙，他採取新式學制，以培養中等學校教師及教育行政人員爲目標，因此特重學風之誠樸。

一九一九年第二任校長郭秉文乃是實證主義大師杜威的門生，他將南京高等師範學校進一步改制爲大學，同年正式招收女子入學，當時北京大學只接納幾名女子旁聽生，因此東南大學實爲中國歷史上第一所男女合校的高等學府，也是南方最重要的高等教育中心，以及長江以南唯一的國立大學，與北京大學南北雄峙，爲當時高等教育的兩大支柱。

相對於北大的趨新，東南大學主張溫故知新，中西合璧，始終抱持《學衡》學派的理念，並曾邀請羅素、泰戈爾、杜威等大師蒞臨講學，使東南大學躍居當時中國南方的學術重鎮。關於中央大學所秉持之《學衡》理念，誠爲自二十世紀中國文學暨文化史上的重大課題，其間關乎傳統學術思想存廢之爭，與文學語言何去何從的探討，對後世影響至爲廣遠，在在發人深省，因而值得進一步探微賾奧，以尋繹追思該校學風之源流。

一、文學何去何從？——《學衡》派與《新青年》

一九二三年十二月一日，南京城出現了一場「世紀婚禮」。說它是世紀婚禮，並不是因爲當日排場特別盛大，也不是因爲典禮形式有多麼特殊，然而它卻是一場在歷史上留名的婚禮。

新郎胡夢華是胡適安徽績溪的同鄉，他身爲北京大學白話新文學運動提倡人的族姪，同時又是東南大學力主「文言不可廢」的吳宓與梅光迪在西洋文學系的學生。一九二〇年代胡適與陳獨秀在歐美啓蒙思想與科學精神的推湧下，全面提倡新文化運動，面對這片激進的改革聲浪，南京東南大學梅光迪、胡先驌、吳宓等人隨即主辦《學衡》，以殉道文人的姿態，誓言維護儒家主流文化千百年來的傳統。

一九二〇年胡夢華考取東南大學的推薦信，事實上是胡適親筆所寫。胡適當年爲介紹這位家鄉子姪到南京高等師範學院（即東南大學）讀書，曾經寫了一封推薦信給校長郭秉文。胡夢華在求學期間，與胡適的姪兒胡思永成爲摯友，同時也認識了梁實秋、郭沫若、郁達夫和成仿吾等人。直到一九二三年夏天，梁實秋赴美留學，胡夢華也和大家一同到碼頭爲梁氏送行，隨後得知胡適在杭州煙霞洞養病，他又與曹誠英、潘家洵、任白濤在杭州聚首，探望胡適。七月二十九日那天，他們還一起登上了南高峰欣賞日出。

於是到了一九二三年底，胡夢華與吳淑貞在南京舉行婚禮時，北大《新青年》的一批新潮學人，與東南大學堅持傳統的《學衡》派兩大陣營學者，便同時出現在這場婚禮上！

根據胡夢華與吳淑貞日後的回憶，他們結婚那天，胡適應邀擔任證婚人，而梅光迪則是男女雙方的介紹人。此外，楊幸佛、柳詒徵和吳宓等人也都到場。於是胡適與梅、吳、柳展開了一場針對文學革命觀點的正面交鋒！胡夢華說，當時他的叔叔胡適先提出杜威與羅素的立論，繼而展開了新文學運動的主張與觀點。

然而梅光迪與吳宓卻以希臘哲人蘇格拉底、柏拉圖、亞里斯多德三位大師在前，杜威、羅素卻未必青出於藍，進而重申這兩位哲學家的學理未必後來居上。柳詒徵更進一步將話題帶回傳統儒學，他舉出孟子的母親為了讓下一代得到良好的教育，不惜數度遷居，藉以諷勸胡適放棄不適合國人的新文化運動。

胡夢華回憶道：「適之叔，單槍匹馬，陷入重圍：杏佛師拔刀相助，雄辯滔滔！」我們可以想見這場婚禮便是民國初年，中國新舊文學交鋒的重要場域！胡夢華與吳淑貞這對即將步入婚姻生活的年輕人，他們和當時許多青年學子一樣，一方面擁護胡適，相信他所說：「詩的革新與創新，必須徹底剷除掉新舊詩體的格律，連根拔掉，不要有絲毫姑息、保留。」但另一方面，他們也在內心深處佩服梅光迪等人堅持：「白話應提倡，但文言不可廢」這樣的文學主張是不朽之論。

以學術的角度觀之，胡夢華其實經常被論者歸爲《學衡》人士，因此我們可以從他的著作裡，回溯五四新文化運動下，吳宓、梅光迪、胡先驌、梁濟與王國維等人的學思歷程，從他們對抗新文化運動的姿態裡，考察民國初年中西文化、新舊文學交越激盪的具體情況，同時也使我們更加釐清當時文人的精神意蘊。

然而胡夢華的身分還是比一般年輕人特殊，因爲他同是胡適的姪兒，又是梅光迪班上最活躍的學生，新、舊文學在他身上折衝、調和的情況也最爲明顯。他的文章所反映的正是不同理念的文人，如何激盪與對話，從而展現出新、舊交替時代，知識分子的傳承與譜系。更重要的是，我們得以藉此深入當時文人所關注的文化議題，以便了解當日那些議論是如何深遠地影響了我們今天對於文學與文化的看法。

二、從朋友到敵人——梅光迪立志修身與胡適之文學革命

作家小檔案

梅光迪，字迪生，一字覲莊。安徽宣城人，著名學者，專攻西洋文學。曾於國立東南大學創辦中國第一所西洋文學系，並兩度任教於美國哈佛大學，回國後擔任國立中央大學文學院院長，及國立浙江大學文學院院長。

「我冒犯了人們的指摘，
一步一回頭地瞟我意中人，
我怎樣欣慰而膽寒呵。」

一九二二年七月詩人汪靜之寄了一本詩稿給胡適，那時他正熱戀著杭州師範女子學院的符竹因。雖然他還未出生前已與曹豔秋指腹為婚，汪靜之仍然堅決表示：「愛情是絕對自由的，誰要愛誰，誰就愛誰。」因此，即便膽寒，他仍然要在經過符竹因家門口時，勇敢而且叛逆地偷偷看他心愛的人一眼。

胡適非常欣賞這個年輕的小同鄉，他為汪靜之的詩集《蕙的風》寫了一篇序文，文中指出五四新文化運動的第一代詩人以康白情、俞平伯為代表，如今第二代少年詩人也出現了，就是以汪靜之為首的這群「湖畔詩人」。汪靜之對胡適說道：「我的頭很硬直，不為他人而低頭；我的笑很天真，不為他人而諂笑。」胡適也直言：汪的詩歌稚氣而且淺露，然而「稚氣究竟遠勝於暮氣」，「淺露究竟遠勝於晦澀」。在胡適與周作人的眼中，汪靜之寫給符竹因的一系列情詩，無疑是發出了「詩壇解放的呼聲」！

然而，《蕙的風》出版之後，當時正在南京東南大學就讀的胡夢華卻連續在《時事新報》上發表文章，批評汪靜之詩集中歌詠愛情之處，流於輕薄；讚美自然之處，又流於纖巧。他認為這樣的作品「破壞人性的天真，引導人走上罪惡之路」。胡夢華的文章一出，引發了章衣萍、周作人、魯迅等人與之激烈的爭論。胡夢華的文學觀念受到吳宓和梅光迪的影響，從他對「湖畔詩人」情詩流於「墮落輕薄」的批評之中，我們已經窺見《學衡》人士對於新文學的批判主要源於道德意識。那麼究竟梅光迪等人的思想觀念和道德價值為何？這是我們接下來要進一步爬梳的課題。

事實上，梅光迪和胡適在年輕時代求學階段，曾經是互相砥礪，長期書信往返的摯友。梅光迪和胡適同為安徽人，梅家尤其是宣城的望族。梅光迪十八歲入安徽高等學堂，隔年在上海認識胡適，二十五歲進入哈佛大學，專攻文學。當時白璧德先生正在哈佛大學講倡新人文主義，他講述古希臘時期蘇格拉底、柏拉圖、亞里斯多德之學術要義，進而談到文藝復興時期的重要哲人，以及英國約翰生、安諾德，並擷取西方文化的精髓，考鏡源流，辨章學術，卓然成就了一家之言。面對東方學術，白璧德獨尊於孔子。梅光迪在哈佛大學求學期間，深受白璧德學說的影響。

梅光迪在日後寫給胡適的信中提到，孔子之學無所不有，然而中國自宋代以後，因程朱理學僅得修己一面，於政治、倫理各方面都提不出相當的見解，因此國計民生日益凋敝。孔子的學說既已流於極端地誤解，當此之際，國人處於孔教極度衰微的時代，要復興儒學，必須有善於閱讀和理解之人，同時還要能身體力行。否則，「以國勢之不振，歸咎於孔教，從而棄之，而卑辭厚顏，以迎方興之外教，有血氣之男子不為也！」

梅光迪希望與胡適一同振興儒學，而胡適在康乃爾大學由農學院轉入文學院時，梅光迪特別寫了一封信給他，表示支持。他認為以胡適的個性和資質無疑更適合攻讀文學：「望足下就其性之所近而為之，淹貫中西文章，將來在吾國文學上開一新局面。……足下之改科，乃吾國學術史上一大關鍵，不可不竭力贊成。」此外，他也表達了文學與哲學相關聯的看法：「治哲學者尤當治文學。泰西哲人之書多艱澀難讀，而文學與哲學有息息相關之處，證之歷史可知。」

胡適留美期間，經常以英語公開演說，令歐美人士刮目相看！然而梅光迪卻向胡適申明自己的志向是將來在美國取得教席，並在高等學府開設中文課程，向美國人講授中國文化，使他們了解中國文明的高深偉大。這個願望後來在一九二四年實現。然而梅光迪卻始終對於自己到異邦留學一事，感到難以平衡，同時也因爲看到許多中國留學生迷戀於西方物質文明，而感到憤懣！

從梅光迪的身上，我們可以感受到《學衡》人士對於自身傳統知識結構的完足是充滿自豪與自信的。他們亟欲在學成歸國之後，大步邁向復興中華文化與人文主義精神的康莊大道，卻沒想到他們回國後所迎來的是激進的反孔思想，以及積極的新文學與新文化運動。從梅光迪所堅持的中國文化本位中，我們可以清楚地意識到爲什麼以他爲主的《學衡》一派，會成爲胡適最激烈與最固執的反對者。

三、傳統文化之根本正義——胡先驌對白璧德思想的譯介

作家小檔案

胡先驌，字步曾，號懺庵。江西新建人，著名植物學家，開創中國植物分類學及中國近代生物學。一九二〇年代與梅光迪、吳宓、柳詒徵共同創辦《學衡》，致力弘揚國學。曾任北京大學、北京師範大學生物學系教授，中國植物學會第一任會長，及國立中正大學首任校長。

胡先驌，二十世紀中國最具名望的植物學家。他一生的學術著作包括《中國植物學志屬》、《中國植物圖譜》、《經濟植物學》，以及《種子植物分類學講義》……等九部專

著。尤其是在植物分類學上，他總共發表了一個新科、六個新屬，以及一百多個新種。堪稱中國現代植物學的奠基人。

然而胡先驌在中國現代史上，更重要的身分是從科學領域橫跨人文社會學門，而成爲《學衡》派最重要的文學評論及創作者。在一九二〇年代，文學革命之火正當星星燎原之際，新文化運動也借助其勢全面開展，國人一片崇拜歐化，對本土的固有文化心生輕視與厭惡，胡先驌提出知識分子應該要有追求自己的尊嚴，他絕不會屈尊於自己無法決定的環境，而但求訴諸於自己的思想。

胡先驌始終堅持古典詩詞的創作。在新文化運動已取得絕對的優勢時，他仍然堅持不隨波逐流，固守自己的文化主見。其自由獨立的人格思想，來自淵博學識的滋養，他於一九一二年以留學考試正取第五名的資格，進入柏克萊大學農學院植物學系就讀。求學期間，與胡適、趙元任、楊杏佛、任叔永等人共同創辦了《科學》雜誌，同時他也是《南社》詩刊的成員。一九一八年回國擔任南京師範學校農林科教授，一九四〇年出任中正大學校長。

更重要的是，一九二二年反對新文化運動的《學衡》雜誌在南京創刊，胡先驌就是該刊物的發起人和主要撰稿人。他撰寫了二萬多字的長文批評胡適的《嘗試集》，此外他也看到國內年輕詩人因沒有揀別各國文化優劣的能力，在新文學運動的潮流下，一味地模仿，連頹廢派的新詩都奉爲圭臬。他希望大家能了解，中國古典詩到了宋代已臻至完美的境界，無論自然之美、人情之美，乃至經史百家所蘊含的生命哲理，均能融入詩韻之中。

到了《學衡》第三期，胡先驌全面展開對於白璧德新人文主義思想的譯介，尤其是面對新舊文化交替的關鍵時刻，人人都在力求進步，希望能免於爲日本及列強所侵略的同時，更宜審慎明辨固有文化的基礎，不能一概傾棄之。因爲人文思想是中國古代維繫教育系統的支柱，儘管後期已流於科舉選官的形式主義，但是這仍然不失爲以個人學問爲標準的一種選任方式。這是歐洲歷史上所闕如的價值與精神。白璧德一再強調：「吾以爲雖其末節宜如此改革，然中國舊學中根本之正義，則務以保存而勿失也。」「簡言之，雖可力攻形式主義之非，同時必須審慎，保存其偉大之舊文明之精魂也。」

白璧德對中國文化的推崇，以及冀望在擺脫虛文積習之後，重建孔子的學說與新的人文精神建設，在在爲他的門生：吳宓、梅光迪、張歆海、陳寅恪所認同，尤其是胡先驌，他藉此作爲立論的依據，以制衡胡適及新文化運動中過當的激進言論，進而成爲傳播白璧德思想的代表人物。

四、瘋人、情人、詩人——吳宓的愛與痛

作家小檔案

吳宓，原名玉衡，後改爲陀曼，又改爲宓，字雨生，又作雨僧，筆名餘生。陝西涇陽人，比較文學及西洋文學專家，屬一九四一年首批教育部部聘教授，曾任武昌中華大學（後改爲華中師範大學）外文系主任、《武漢日報・文學副刊》主編等。

《學衡》三大家中，最感性的人物，應該要屬吳宓。一九一七年，胡適在陳獨秀主辦的《新青年》上首倡新文學運動，他旗下的文人，更是以「反孔非儒」、「打倒孔家店」等口號，獲得胡適的推崇。新文化運動因此風助火勢，就此勢燄薰天！同年，吳宓赴美，開始在

哈佛大學研究歷史、文學與哲學，並且成爲新人文主義大師白璧德最得意的中國學生。

吳宓在美國閱讀由中國寄來的各種刊物，其間白話文字夾雜英文點評，各種詭異現象，使他讀之欲嘔！不由得在日記裡憤然寫道：「我儕學問未成，而中國已亡不及待！」「我儕以文學爲專治之業，尚未升堂入室，而中國流毒已遍布。」「今國中教育界情形，一至於此，茫茫前途，我憂何極？中國運數如此，夫復何言？」

吳宓受到白璧德教授的鼓舞，於一九二〇年冬寫下〈論新文化運動〉一文，傳達白氏希望聯合東西方的儒者，協力研究國學，以達淑世異俗之功。一九二一年，吳宓在回中國的船上，又寫了一篇長文〈再論新文化運動——答邱昌渭〉，更加明確地表達他自己的看法。並且在下船之後，爲了與梅光迪一同主辦《學衡》以抵制新文學運動，他連續拒絕北京師範大學和清華大學的聘請，毅然來到南京，立志守住思想文化的最後戰線。

吳宓開始研究《紅樓夢》的時間，幾乎是與胡適同時。他第一場關於《紅樓夢》的演講是在一九一九年春天，地點是哈佛大學中國學生會。今天重新閱讀他當年用英文撰寫的〈石頭記評贊〉，我們可以很清晰地看出他與胡適對待《紅樓夢》的態度是完全不一樣的。

吳宓首先認識到曹雪芹寫作的用心：即使人類的文明一再地進步，但是人生的幸福卻不見得增加，因此，智者往往會心生返璞歸眞的思想。整部小說裡，吳宓最常引用的是教人領悟繁華皆空的〈虛花悟〉：「將那三春看破，桃紅柳綠待如何？把這韶華打滅，覓那清淡天和。說什麼天上夭桃盛，雲中杏蕊多？到頭來，誰見把秋捱過？則看那，白楊村裡人嗚咽，青楓林下鬼吟哦。更兼著，連天衰草遮墳墓，這的是，昨貧今富人勞碌，春榮秋謝花折磨。似這般，生關死劫誰能躲？聞說道，西方寶樹喚婆娑，上結著長生果。」

吳宓也以研究西方小說的嚴格理論來檢視《紅樓夢》，例如：全書的最高峰應出現在四分之三處，而《石頭記》的頂點就出現在第九十七回「林黛玉焚稿段癡情　薛寶釵出閨成大禮」，大約就是四分之三處。再以結構來判定《石頭記》的布局，這部小說如同一串同心圓，寶、黛、釵爲核心，之外有大觀園諸姐妹以及丫頭們，更外圈便是賈府。再往外擴大，就是全中國、全世界。而作者的敘事原則是對於外圈之大環境，僅是偶然吐露，並不詳述，例如：由賈政出任外官，而寫到國內地方胥吏舞弊等情事，另外還有透過薛寶琴的經歷，寫到海外經驗、西方美人等事情，基本上，愈趨進圓圈核心的故事，愈爲詳盡，離中心愈遠的，便較爲疏略。這樣精心的布局，即使在西方著作中，也難找到與之媲美的經典。

更難能可貴的是，《石頭記》是一部眞正包含中國文化、社會、生活的大書。內容既富且美，既眞且詳。「今日及此後之中國，縱或盛大，然與世界接觸融合，一切文化、思想、事物、習慣，已非純粹之中國舊觀，故《石頭記》之歷史的地位及價值，永久自在也。」

吳宓更進一步以純文學的觀點欣賞《石頭記》文字之美，他稱讚這部書是「中國漢文之最美者。蓋爲文明國家，中心首都，貴族文雅社會之仕女，日常通用之語言，純粹、靈活、和雅、圓潤，切近實事而不粗俗，傳達精神而不高古。」這部小說所呈現的文筆是一般人難以企及的，因爲包含了詩、詞、曲等各種文章於一人一手。僅就回目而言，吳宓就舉出了「白玉釧親嚐蓮葉羹　黃金鶯巧結梅花絡」等許多例子來說明曹雪芹的對偶是如何地自然而且工麗！

有趣的是，吳宓對賈寶玉的評論也可以讓我們看作是他作爲一個出色的文學家的自我寫照：「凡想像力過強之人，易攖瘋疾。詩人多言行奇僻，人以爲狂。莎士比亞云：『瘋人、情人、詩人，乃三而一，一而三者也。』（見《仲夏夜之夢》V.I）盧梭晚年，即近瘋癲，寶玉平日舉動，常無倫次，又屢入魔。寶玉嘗有『意淫』之說，此意字即爲想像力之謂也。」豐沛的想像力，是文學與藝術的沃土，也是愛情與詩歌的搖籃，吳宓以及所有具備浪漫情懷的詩人，都在這裡著魔，那是他們終其一生的理想，也是人生最大的悲劇。

反觀胡適對於紅學的貢獻則完全不是從文學的造詣上去鑽研，而是以各家版本校勘、訓詁、考據的方法來指明《紅樓夢》是一部自傳性質的小說：「它只是老老實實的描寫一個『坐吃山空』、『樹倒猢猻散』的自然趨勢。因爲如此，所以《紅樓夢》是一部自然主義傑作。」這樣的評論對於曹雪芹的文學創作實在不公，若以吳宓的文章與之相較，則無疑突顯了《學衡》派的學者們是多麼地敬重文學與推尊文化事業。

五、紹述《學衡》之人文精神——紅學、儒學與詩學

臺灣中央大學原址南京，古稱金陵，乃《紅樓夢》作者曹雪芹家族所在。蓋曹寅祖孫三代任江寧織造，世居南京逾一甲子。中央大學在臺復校後，中文系長期開設《紅樓夢》研究等相關課程，並於一九九三年由康來新教授成立「紅樓夢研究室」，定期推出跨領域之學術暨藝文活動，例如：一九九三年的「紅樓有約夢裡人——從江南到寶島」兩岸紅學交流暨紅樓藝文週、一九九四年《紅樓夢》最早抄本「甲戌本」問世四甲子之「世界紅學會議」、一九九五年「天良好箇秋，紅樓好個夢」慶祝中大建校八十週年專題演講暨學術研討會、一九九六年「紅學交流暨紅樓藝文週」、一九九七年寶島紅樓夢系列活動、一九九八年「洋洋大觀——紅樓夢博覽會」第二屆兩岸紅學週，乃至二〇一三年「海上眞眞：紅樓夢暨明清文學文化國際研討會」……等，使《紅樓夢》經典閱讀更爲落實與強化，因而成爲該校獨具特色的校園傳統。

此外，該校當代儒學研究中心秉承培養新儒家青年，以期使中國文化主流延續不絕的精神，致力於開創師友論學園地，藉以激發研究者的志趣，以推動全球儒學與中國哲學研

究之長足發展。歷年來除舉辦各項國際學術會議、論文發表會以及演講活動之外，並發行《當代儒學研究》與《儒學集刊》等，以當代儒學研究爲主題，兼及其他哲學性議題之學術刊物，同時積極蒐羅整理當代儒者著作、遺稿、佚文等，現今既有成果包括：《牟宗三先生全集》、《唐君毅先生全集》、《熊十力先生全集》、牟宗三先生講課錄音帶的整理與保存、著作目錄、手稿、筆記，與相關剪報資料，以及絕版圖書資料之影印與電子資料庫等等。

中大古典詩學研究在張夢機教授的帶領下，多年來已成爲該校重要的學術特色。張夢機教授自青少年時期習詩起，一生創作古典詩歌不輟，作品逾一千六百首。他早期從學習晚唐李商隱詩入手，所謂「得其麗辭幽意，靈變有則之體」，及至中期則能掌握杜甫沉鬱頓挫的風格，爾後又受宋朝江西詩派黃庭堅、陳師道清勁風格的影響，並參酌清代同光體瘦硬之風，尤其受到陳三立之啓發。至晚期中風之後，詩歌風格曾有巨大變化，作品隨境遇與生活所見而自出胸臆，其作品以七言律詩和七言絕句最擅勝場。他於一九九〇年擔任中大中文系系主任，不幸於一九九一年中風，養病期間仍於「藥樓」教學不輟，誠可謂「窮當益堅，老當益壯」，因而使得中央大學古典詩學曾不墜於青雲之志。

第三章

衣帶漸寬終不悔
——王國維

古之成大事者、大學問者，必經過三種之境界：「昨夜西風凋碧樹。獨上高樓，望盡天涯路。」第一境也。「衣帶漸寬終不悔，爲伊消得人憔悴。」此第二境也。「眾裡尋他千百度，驀然回首，那人卻在，燈火闌珊處。」此第三境也。

作家小檔案

王國維，中國近代著名國學大師，浙江海寧人，與梁啓超、陳寅恪、趙元任被尊爲清華國學研究院的「四大導師」。在文學、美學、史學、哲學方面具有鑽研，並會通中西學術，尤其在金石、甲骨文與考古學領域上，取得卓越成就。

一、悲劇性格

王國維精通英、德、日等各國語言，因此在研究宋元戲曲史時，首開以西方文學理論進行中國傳統文學批評的先例，陳寅恪曾指其：「幾若無涯岸之可望、轍跡之可尋。」王國維生平著述，包括：《海寧王靜安先生遺書》、《紅樓夢評論》、《宋元戲曲考》、《人間詞話》、《觀堂集林》、《古史新證》、《曲錄》、《殷周制度論》、《流沙墜簡》等六十二種。

王國維的家庭背景乃清代鹽官，同時亦為書香門第，父親王乃譽精通書畫、篆刻，以及古文詩詞，因此家庭教育對王國維的影響很大，他五歲入私塾，十五歲參加歲試便考中秀才，隔年進上海《時務報》館，從事書記校對，並於羅振玉主持的「東文學社」習得外文及理化。王國維於此開始吸收西方文化，日後更在羅振玉的資助下，赴東京物理學校留學。返國後在通州及江蘇師範學堂任教，主要教授哲學、心理學與倫理學。而事實上王國維一直對文學懷有濃厚的興趣，因此他以學術理念撰寫出哲學與美學專著《紅樓夢評論》，並出版《靜庵文集》。至於另一部著名的《人間詞話》，則是在他任清代學部總務司行走、圖書館編譯、名詞館協韻等時期，逐步完成的。

一九一一年辛亥革命爆發，王國維再度前往日本，這一次是到京都研究經史，並與羅振玉一同整理大雲書庫，他於此間親見金石、彝器、拓本等古文物，因此銳意鑽研小學，同時完成了《宋元戲曲考》。他曾回憶道：在日本的五年，是一生中生活最簡單，成書最多的階段。此後回到上海，王國維擔任倉聖明智大學教授，繼而編修《浙江通志》，隔年出版《殷周制度論》，他說：「中國政治與文化之變革，莫劇於殷周之際。」

一九二二年王國維授聘於北京大學國學門，翌年，由蒙古貴族、大學士升允舉薦，任清遜帝溥儀五品南書房行走，王國維因此得以一窺大內秘笈，並檢理景陽宮藏書。一九二四年馮玉祥發動政變，驅逐溥儀。王國維憤而投河殉清，因家人阻攔未果。一九二五年，王國維應聘爲清華大學國學研究院教授，專門講授經史小學，並研究漢魏石經、古代西北地理及蒙古史料。一九二七年六月二日，他留下遺書：「五十之年，只欠一死。經此事變，義無再辱。我死後當草草棺殮，即行槁葬於清華塋地。汝等不能南歸，亦可暫移城內居住。汝兄亦不必奔喪，因道路不通，渠又不曾出門故也。書籍可托陳吳二先生處理。家人自有人料理，必不至於不能南歸。我雖無財產分文遺汝等，然苟謹愼勤儉，亦必不至餓死也。」當日自沉於頤和園昆明湖，死後葬於福田公墓。

王國維自溺的原因，史家爭論不休，有「殉北洋說」、「反共及痛恨北伐說」、「逼債說」、「性格悲劇說」、「文化衰落說」。陳寅恪《王觀堂先生挽詞》序云：「或問觀堂先生所以死之故。應之曰：近人有東西文化之說，其區域分劃之當否，固不必論，即所謂異同優劣，亦姑不具言；然而可得一假定之義焉。其義曰：凡一種文化値衰落之時，爲此文化所化之人，必感苦痛，其表現此文化之程量愈宏，則其所受之苦痛亦愈甚；迨既達極深之度，殆非出於自殺無以求一己之心安而義盡也。」

另據溥儀《我的前半生》第四章〈天津的行在〉指出，王國維早年受羅振玉接濟並結爲兒女親家，然而羅振玉卻經常向王氏苛索，甚至要脅將其女退婚！是故令王國維走投無路，因而自戕。

二、人間詞話

在王國維所有重要著作中，《人間詞話》享有最崇高的地位，歷來也一直獲得很高的評價。美學家朱光潛曾說：「近二三十年來，就我個人所讀過的來說，似以王靜安先生的《人間詞話》爲最精到。」（《詩的隱與顯——關於王靜安的〈人間詞話〉的幾點意見》）

《人間詞話》第一章上卷即云：「詞以境界爲最上。有境界則自成高格，自有名句。五代北宋之詞所以獨絕者在此。」所謂境界者凡三：「古之成大事者、大學問者，必經過三種之境界：『昨夜西風凋碧樹。獨上高樓，望盡天涯路。』第一境也。『衣帶漸寬終不悔，爲伊消得人憔悴。』此第二境也。『衆裡尋他千百度，驀然回首，那人卻在，燈火闌珊處。』此第三境也。」

循此三層，王國維指出，唐代一代天驕李白，不僅是詩仙，他的詞也獨步千古。所謂「太白純以氣象勝」。而「西風殘照，漢家陵闕」，一首《憶秦娥》小令，又足以烘托出古來所詩人的興亡之慨。至晚唐溫庭筠出，則又是一位天才級的詩人。「飛卿精豔絕人」，「梳洗罷，獨倚望江樓。過盡千帆皆不是，斜暉脈脈水悠悠。腸斷白蘋洲。」如此情韻細膩的造語，文脈綿密而情感隱約。王國維評價曰：「飛卿之詞，句秀也。」及至五代，又有馮延巳之詞，「不是五代風格而堂廡特大，開北宋一代風氣。」此處所說五代風格，特指婉媚言情、傷春離別的內容與洞房酒筵等場景。而馮延巳卻能獨造清語：「高樹鵲銜巢，斜月明寒草。」氣韻疏散閎約，「細雨濕流光」一句，僅僅五字能攝春草之魂！還有南唐中主李璟，也善詩歌，其詞：「菡萏香消翠葉殘，西風愁起綠波間」，已顯衆芳蕪穢、美人遲暮之姿。

王國維曾入宮廷行走，而後又以遺老自居，他對於後主李煜之「生於深宮之中，長於婦人之手」的身世，也許更有所體會，因此說「是後主爲人君所短處，亦即爲詞人所長處。」李後主以自身的經歷體驗著命運二字的涵義，一旦發爲詩詞，竟是如此思想深厚而情感純絕！李煜堪稱「詞中之帝」。王國維說：「詞至李後主而眼界始大。」「自是人生長恨水長東」、「流水落花春去也，天上人間。」詞境至此得以無限地開拓，並以獨特的話語將宋詞推上萬古流芳的藝術新境。

事實上，詞至北宋而大，北宋詞人范仲淹：「四面邊聲連角起，千嶂裡，長煙落日孤城閉。」道盡蒼涼的心境與抑鬱之情。而晏殊作爲「北宋倚聲家初祖」，其造語雍容和緩，修辭溫潤有情。雖然多抒發相思離別，然而句句情致淒婉，憂愁中體現許多生命的感悟。「昨夜西風凋碧樹。獨上高樓，望盡天涯路。」便是明證。其子晏幾道有與父親不同處，乃在相思愛戀是他傾注生命歌詠的主題，一生追求至死不渝的戀情也是他最大的寄託，而受到晏殊影響者，還有歐陽修，其詞云：「綠楊樓外出秋千」，著一「出」字便高於衆家之上！他在〈醉翁亭記〉中云：「醉翁之意不在酒，在乎山水之間也。」可見其性情中人的自在灑脫。王國維說：「永叔『人生自是有情癡，此恨不關風與月』、『直須看盡洛城花，始共春風容易別』，於豪放之中有沉著之致，所以尤高。」

事實上王國維論詞已超出前人的立論：「昔人論詩詞，有景語、情語之別，不知一切景語皆情語也。」在他的眼中，文學始終關乎人，因此即便寫景，也不可能純粹客觀寫景而不帶有任何情感。王國維所謂「三種境界」是古今之成大事業、大學問者，都會經歷的階段。其第一境界是「昨夜西風凋碧樹，獨上高樓，望盡天涯路」，我們做任何一件事，在初入門時總是茫然無所措，心中充滿了未知的疑惑與找不到出路的苦悶。及至第二境界：「衣帶漸寬終不悔，爲伊消得人憔悴。」是指熱切的執著和經歷長期的耐苦，只爲將來有修成正果的可能。當所有的努力終於幫助我們攀登上第三境界時，那感覺是：「衆裡尋他千百度，驀然回首，那人卻在，燈火闌珊處。」功夫和修爲到了爐火純青的地步，生命自然產生參透的大喜悅。王國維精闢的見解爲世人開啓了人生的視野，具有才情和智慧的人可循此探索人生高樓的路徑，一旦確定目標後，便戮力以赴、奮鬥不懈。在達成目標之後，便接續展開新的追尋，繼續邁向下一階段的里程碑。因此王國維的說法無疑是給予我們足以支持信念的力量，使我們在上下求索之間，不至於輕言放棄。

三、紅樓夢評論

王國維著《紅樓夢評論》以西方哲學與美學爲立論基石，終極目的在於探討人生，因而成就了近代中國小說批評史上的重要地位。《紅樓夢評論》於一九〇四年陸續發表《教育世界》雜誌六月至八月號。它是紅學研究史上首篇系統性專論。其論著特點在於突破傳統文以載道之思維，重新以探索人生眞諦爲問題核心，在理路上結合了西方哲學與美學思想，同時以現代批評求取論證，是故在古典小說批評史上展現了劃時代的意義。

在王國維的《紅樓夢評論》之前，文學評論的標準在「道」，所謂「文以載道」、「文以明道」。然而「道」卻並非文學本身唯一的最高要求，它甚至也不是人的自我覺醒與獨立意識。「道」其實是封建倫常體系中積極的道德性。若以此爲評論文學的標準，則限縮了哲學思維與審美空間的展開。這是我們歷來面對及討論文學作品時，最大的束縛。王國維的《紅樓夢評論》可謂衝破了這層僵化的思維模式，並援引西方的哲學、美學、倫理學來探討生命本質的問題。這是一位學貫中西，具有文學才情與文化抱負的學者，方能完成的新使命。尤其是他選擇鑽研叔本華的悲觀主義，這與當時中國處在十九、二十世紀交替之際，內憂外患的壓迫局面下，知識分子亟欲挽救危亡，因而促使王國維思考當務之急，他認爲首先應改變民衆的麻木心態，於是他要喚醒百姓自我生命的本質與價值。

叔本華對生命的悲觀源於他意識到人生的荒誕與不幸，於是他視「意志」為世界的主宰。而欲望乃是意志的外現，它是本能，是衝動，我們生活在世上所有的追求、佔有、愛與嫉妒，最終都以「痛苦」歸結了意志的結果。因為意志沒有滿足的一天，於是無盡的痛苦隨之而來。人類便是在欲望與痛苦之間擺盪的狀態中存在著。王國維以叔本華思想融入《紅樓夢》的詮釋。其評論的第一章即為〈人生及美術之概觀〉，他希望引導讀者思索：生活的本質為何？答案至簡：「欲」而已。王國維甚至於指出：「生活之欲先人生而存在。」而且欲是無窮無厭的，它起因於人有不足的心態，於是注定了與苦痛相始終。王國維認為：人生來有欲望，而欲望又不能夠滿足，因為總有新的欲望接連產生，於是痛苦也就不斷地生發，因此人生的歷程可以說就是一個痛苦不停歇的過程。

王國維於是再從悲劇理論的角度闡釋人生。他指出：悲劇最早源於古希臘，當時人們對生命、靈魂、藝術和世界展開了追尋與探索。然而當時並無眞正意義上的悲劇作品。他在《紅樓夢評論》第三章〈《紅樓夢》之美學上之價值〉中指稱我國民族性有樂天的精神傾向，「故代表其精神之戲曲、小說，無往而不著此樂天之色彩。」因此即使故事起點是悲哀的，最終也會以歡樂收場。「始於離者終於合，始於困者終於亨；非是而欲饜閱者之心，難矣。」王國維分析閱聽眾的趣味趨向之後，他進一步將《紅樓夢》與其他中國古典文學進行比對，於此他發現以往的作品幾乎都有著圓滿的結局，因為缺少悲劇，反而沒有強大的力量來激發民眾自省。自《紅樓夢》一出，便徹底打破了傳統的敘事模式，因為它乃是一部徹頭徹尾的悲劇。王國維就悲劇的意義，引用叔本華的思想，將悲劇分為三類：「第一種之悲劇，由極惡之人，極其所有之能力以交構之者。第二種，由於盲目的運命者。第三種之悲劇，由於劇中之人物之位置及關係而不得不然者；非必有蛇蠍之性質與意外之變故也，但由普通之人物、普通之境遇，逼之不得不如是；彼等明知其害，交施之而交受之，各加以力而各不任其咎。」

第三種悲劇的感人程度勝於前二者，因為這才是人生最大的不幸，也是人生之所固有的情況。而前二種悲劇，作者相信每個人都會對蛇蠍之人物與盲目之命運，心生悚然之情，但是畢竟過於戲劇化，也是在一般生活中罕見的例子，很多人終其一生是可以避免這樣的憂患，但是第三種悲劇卻是隨時可能出現在我們面前，而足以摧毀了人生的福祉。同時這樣的慘酷情形，不但自己得經受，而且可能加諸於人，眞是「天下之至慘也」！

《紅樓夢》衆人的悲劇實非來自外界因素，既無蛇蠍之人，也無特殊變故，一切都在常情之中，然而他們的悲劇卻是必然的。這是人物身分及其時代的自然結局，則《紅樓夢》的悲劇便是人生必然的悲劇，這也是眞正的悲劇。如此才能喚醒痲木的人生，興起力量來改變自己的命運。王國維因此認為《紅樓夢》有極高的美學價值，它揭示人生的苦痛並引導讀者思索解脫之道。這解決之道在於拒絕生活之欲，以出世的道路來尋求解脫。

在《紅樓夢評論》第四章〈《紅樓夢》之倫理學上之價值〉中，王國維以倫理學闡述他獨到的人生見解。因中國古來以孝本，傳統倫理深植人心，故而賈寶玉出家的行徑便讓他成爲一個「絕父子，棄人倫不忠不孝之罪人。」然而王國維卻指出：「吾人從各方面觀之，則世界人生之所以存在，實由吾人類之祖先一時之誤謬。」「人之有生，既爲鼻祖之誤謬矣，則夫吾人之同胞，凡爲此鼻祖之子孫者，苟有一人焉，未入解脫之域，則鼻祖之罪，終無時而贖。」王國維反思傳統道德，他認爲賈寶玉出家並不是爲了拋棄父子親屬關係，因此不牽涉忠孝等問題，相反地，唯有如此，才算盡孝。我們不能一味因循先祖的誤謬，倘若子孫能夠求得出世的解脫，也算是爲我們的先祖贖罪。

王國維以叔本華思想來探討出世爲人生解脫的唯一途徑。賈寶玉最終取得超越生活之欲的解脫，堪稱大解脫，因爲唯有他擺脫了來自生活之欲的痛苦。因此《紅樓夢》的結局指明擺脫人生痛苦的出路，它不僅具有很高度美學意義，同時呈現了嶄新的倫理學價值。

第四章

貯滿一種詩意
——朱自清

從此我不再仰臉看青天，
不再低頭看白水，
只謹愼著我雙雙的腳步，
我要一步一步踏在泥土上，
打上深深的腳印！

作家小檔案

朱自清，原名自華，字佩弦，號秋實。中國現代著名詩人、散文家和學者，其畢生著作已合編爲《朱自清全集》。一八九八年十一月二十二日，朱自清生於江蘇省東海縣，原籍爲浙江紹興，因世代居住於揚州，故自稱揚州人。

一、一生不懈怠

朱自清是五四運動的健將，他於一九一六年考入國立北京大學預科，第二年進入北大哲學系，因奉父母之命，於是回到揚州老家，與當地名醫武威三之女武鐘謙結婚。當時他的老家因父親卸職因而經濟陷入困境，朱自清爲了警惕自己不在窮苦的環境中隨流俗而合汙，於是改名爲自清。「自清」一詞出於《楚辭・卜居》，其意爲保持清白、廉潔自持。而他的字「佩弦」，則典出於《韓非子》：「董安於之性緩，故佩弦以自急」，他希望以此字來惕勵自己不要懈怠。

婚後第三年，朱自清開始從事新詩創作，他的第一首詩〈睡吧，小小的人〉收錄於《雪朝》中。朱自清於北京大學畢業後，即前往杭州浙江省立第一師範學校任教，並加入文學研究會。兩年後與俞平伯、葉盛陶、劉延陵合辦新文學運動以來最早的新詩月刊——《詩》。其後他開始經營散文寫作，於是有〈槳聲燈影裏的秦淮河〉一文發表，並獲得好評，被譽為「白話美術文的模範」。

此後朱自清轉往溫州浙江省立第十中學任教。他為學校撰寫〈十中校歌〉，至今仍傳唱於校園中，而歌詞裡的「英奇匡國，作聖啓蒙」更成為溫州中學的校訓。在溫州教書期間，朱自清寫下《溫州的蹤跡》等四篇散文，其中的〈綠〉更是名篇，文中將仙岩梅雨潭美麗的景致描畫得令人神往，因此被視為優良範文，收入中學語文教科書。朱自清於一九二四年出版了新詩集《蹤跡》，這本書在文學思想和藝術創作方面，展現了作者鮮活純樸的創新風格，尤其是〈光明〉、〈新年〉、〈煤〉、〈送韓伯畫往俄國〉、〈羊群〉、〈小艙中的現代〉……等篇，皆充分表達朱自清熱切追求光明的願景，同時猛烈抨擊社會的黑暗，亦揭露人生血淚心酸等知識分子的憂憤情懷，因此成為現代詩壇難得的佳作。其後，他轉往清華大學任教，他從此展開古今文學課題的鑽研，並以散文為主要寫作的文體，直到一九二八年，他的散文集《背影》出版，書中以平淡樸素、清新優美的文筆表現作家獨到的經歷與個人感受。

一九二九年，朱自清的髮妻武鐘謙因肺病去世，留下了五個嗷嗷待哺的孩子。一九三一年，朱自清赴英國留學，隔年回國與陳竹隱女士結婚，陳竹隱畢業於北平藝術學院，師從齊白石與溥西園，善書畫。曾斷然拒絕世家公子的追求，而青睞於穩重樸實的朱自清。朱自清在婚後出任《文學季刊》與《太白》兩份刊物的編輯。一九三五年又編輯《〈中國新文學大系〉詩集》並撰寫《導言》。同年出版第二本散文集《你我》，此時他的散文表達更加自然洗練。一九三八年，北京大學、清華大學、南開大學合併爲西南聯合大學，朱自清遠赴昆明出任西南聯大中國文學系主任，並當選爲中華全國文藝界抗敵協會理事。他在清貧的生活中繼續從事教學與研究，態度極爲嚴謹認眞，並與葉聖陶合著《國文教學》等。一九四八年七月十八日，他在《抗議美國扶日政策並拒絕領取美援麵粉宣言》上領頭簽名。八月十二日卻因嚴重十二指腸潰瘍病逝於北平醫院，終年四十九歲。朱自清被後世譽爲有氣節的愛國文人。

二、熱愛散文

朱自清的文學表現主要是在散文方面，他的文章結構嚴謹，脈絡分明，用詞平淡自然，在洗練的文句中透顯著委婉含蓄的情韻。在描寫方面，也表現得特別細膩與生動，人物形象傳神綺麗。同時他也善用比喻，使讀者感到會心。

一般而言，朱自清較擅長的是言情，他的情感眞誠而感人至深，在清新雋永的口語中，借景抒情，以使情景交融，文中有詩意，同時富於情調。他說：「我的興趣本在詩，現在是偏向宋詩。我是一個做散文的人，所以也熱愛散文化的詩。」於是我們經常在他的散文中感受到詩的韻律和美感。他早期的散文作品，如：〈槳聲燈影裏的秦淮河〉、〈背影〉、〈荷塘月色〉等，都以寫景抒情見長。

而朱自清最高的散文成就，均收錄在《背影》、《你我》諸集中。尤其是〈背影〉、〈荷塘月色〉、《溫州的蹤跡》之二〈綠〉等抒情散文，更是佳作名篇。〈背影〉一文是朱自清描述家庭遭逢變故後，父親送別兒子的經過。其文語言質樸，情感眞切，體現出父親拳拳愛子之心，兒子內心的愧悔，以及濃濃的懷念之情，因而成爲現代散文史上永恆的名篇。朱自清的散文在工筆描寫之餘，同時展現情景交融的最高境界，是故他的散文一直在現代文壇佔有重要地位。尤其是在後五四時期，他的白話文在寫景抒情上，同時展現出高度的人文情懷與藝術魅力。

此外，在〈綠〉一文中，朱自清善用比喻及對比等文學技巧，細膩刻畫出了梅雨潭瀑布的色澤，其文字工雅典麗，充分顯示作家駕馭文字的獨到技巧。郁達夫曾評價朱自清：「他的散文，能夠貯滿一種詩意。」而李廣田亦曾評論朱自清：「他的作品一開始就建立了一種純正樸實的新鮮作風。」

除了正面的評價之外，歷來亦有不少文人批評朱自清的文章，尤其是在詞藻方面，葉聖陶曾指出：〈荷塘月色〉、〈槳聲燈影裏的秦淮河〉、〈匆匆〉等都有點做作，太過於注重修辭，不怎麼自然。特別是在文字上顯得「平穩清楚，找不出一點差池，可是總覺得缺少一個靈魂，一種口語裡所包含的生氣」。旅美學者夏志清認為：〈荷塘月色〉這些文字「『美』得化不開……讀了實在令人肉麻」，「其實朱自清五四時期的散文（〈背影〉可能是唯一的例外），讀後令人肉麻，那裡比得上琦君？」「〈背影〉究竟不是韓愈的〈祭十二郎文〉，蘇軾的〈前赤壁賦〉這樣擲地有金石聲的好文章，用不著當它為中國散文的代表作來代代傳誦。」而〈匆匆〉、〈荷塘月色〉等則「文品太低，現在一般副刊上的散文（且不論名家的），調子都比〈匆匆〉高」，「即使最著名的〈背影〉，文中作者流淚的次數太多了……虧得胖父親上下月臺買桔子那段文字寫得好，否則全文實無感人之處。」

詩人余光中則表示：「他的句法變化少，有時嫌太俚俗繁瑣，且帶點歐化。他的譬喻過分明顯，形象的取材過分狹隘，至於感性，則仍停留在農業時代，太軟太舊……用古文大家的水準和分量來衡量，朱自清還夠不上大師。置於近三十年來新一代散文家之列，他的背影也已經不高大了，在散文藝術的各方面，都有新秀跨越了前賢。」

余光中說：「朱自清散文裡的意象，除了好用明喻而趨於淺顯外，還有一個特點，便是好用女性意象，像是〈荷塘月色〉的一、二句裡，便有兩個這樣的例子，這樣的女性意象實在不高明，往往還有反作用，會引起庸俗的聯想。『舞女的裙』一類的意象對今日讀者的想像，恐怕只有負效果了吧，尤其『美人出浴』的意象尤其糟，簡直令人聯想到月份牌、廣告畫之類的俗豔畫面，用喻草率，又不能發揮主題的含意，這樣的譬喻只是一種裝飾而已。」

事實上，針對散文書寫的修辭標準，朱自清本人在《精讀指導舉隅》中曾提出過以下的主張：「寫白話文的時候，對於說話，不得不做一番洗鍊功夫……渣滓洗去了，鍊得比平常說話精粹了，然而還是說話依據這種說話寫下來的，才是理想的白話文。」

三、名篇選讀

（一）綠

我第二次到仙岩的時候，我驚詫於梅雨潭的綠了。

梅雨潭是一個瀑布潭。仙岩有三個瀑布，梅雨瀑最低。走到山邊，便聽見嘩嘩嘩嘩的聲音；抬起頭，鑲在兩條濕濕的黑邊兒裡的，一帶白而發亮的水便呈現於眼前了。我們先到梅雨亭。梅雨亭正對著那條瀑布；坐在亭邊，不必仰頭，便可見它的全體了。亭下深深的便是梅雨潭。這個亭踞在突出的一角的岩石上，上下都空空兒的；彷彿一隻蒼鷹展著翼翅浮在天宇中一般。三面都是山，像半個環兒擁著；人如在井底了。這是一個秋季的薄陰的天氣。微微的雲在我們頂上流著；岩面與草叢都從潤濕中透出幾分油油的綠意。而瀑布也似乎分外的響了。那瀑布從上面衝下，彷彿已被扯成大小的幾絡；不復是一幅整齊而平滑的布。岩上有許多稜角；瀑流經過時，作急劇的撞擊，便飛花碎玉般亂濺著了。那濺著的水花，晶瑩而多芒；遠望去，像一朵朵小小的白梅，微雨似的紛紛落著。據說，這就是梅雨潭之所以得名了。但我覺得像楊花，格外確切些。輕風起來時，點點隨風飄散，那更是楊花了。這時偶然有幾點送入我們溫暖的懷裡，便倏的鑽了進去，再也尋它不著。

梅雨潭閃閃的綠色招引著我們；我們開始追捉她那離合的神光了。揪著草，攀著亂石，小心探身下去，又鞠躬過了一個石穹門，便到了汪汪一碧的潭邊了。瀑布在襟袖之間；但我的心中已沒有瀑布了。我的心隨潭水的綠而搖盪。那醉人的綠呀，彷彿一張極大極大的荷葉鋪著，滿是奇異的綠呀。我想張開兩臂抱住她；但這是怎樣一個妄想呀。站在水邊，望到那面，居然覺著有些遠呢！這平鋪著，厚積著的綠，著實可愛。她鬆鬆的皺纈著，像少婦拖著的裙幅；她輕輕的擺弄著，像跳動的初戀的處女的心；她滑滑的明亮著，像塗了「明油」一般，有雞蛋清那樣軟，那樣嫩，令人想著所曾觸過的最嫩的皮膚；她又不雜些兒塵滓，宛然一塊溫潤的碧玉，只清清的一色——但你卻看不透她！我曾見過北京什剎海拂地的綠楊，脫不了鵝黃的底子，似乎太淡了。我又曾見過杭州虎跑寺旁高峻而深密的「綠壁」，重疊著無窮的碧草與綠葉的，那又似乎太濃了。其餘呢，西湖的波太明了，秦淮河的水又太暗了。可愛的，我將什麼來比擬你呢？我怎麼比擬得出呢？大約潭是很深的、故能蘊蓄著這樣奇異的綠；彷彿蔚藍的天融了一塊在裡面似的，這才這般的鮮潤呀。——那醉人的綠呀！我若能裁你以爲帶，我將贈給那輕盈的舞女；她必能臨風飄舉了。我若能挹你以爲眼，我將贈給那善歌的盲妹；她必明眸善睞了。我捨不得你；我怎捨得你呢？我用手拍著你，撫摩著你，如同一個十二三歲的小姑娘。我又掬你入口，便是吻著她了。我送你一個名字，我從此叫你「女兒綠」，好麼？

我第二次到仙岩的時候，我不禁驚詫於梅雨潭的綠了。

（二）荷塘月色

這幾天心裏頗不寧靜。今晚在院子裏坐著乘涼，忽然想起日日走過的荷塘，在這滿月的光裏，總該另有一番樣子吧。月亮漸漸的升高了，牆外馬路上孩子們的歡笑，已經聽不見了；妻在屋裏拍著閏兒，迷迷糊糊地哼著眠歌。我悄悄地披了大衫，帶上門出去。

沿著荷塘，是一條曲折的小煤屑路。這是一條幽僻的路；白天也少人走，夜晚更加寂寞。荷塘四面，長著許多樹，蓊蓊鬱鬱的。路的一旁，是些楊柳，和一些不知道名字的樹。沒有月光的晚上，這路上陰森森的，有些怕人。今晚卻很好，雖然月光也還是淡淡的。

路上只我一人，背著手踱著。這一片天地好像是我的；我也像超出了平常的自己，到了另一個世界裏。我愛熱鬧，也愛冷靜；愛群居，也愛獨處。像今晚上，一個人在這蒼茫的月下，什麼都可以想，什麼都可以不想，便覺是個自由的人。白天裏一定要做的事，一定要說的話，現在都可以不理。這是獨處的妙處；我且受用這無邊的荷香月色好了。

曲曲折折的荷塘上面，彌望的是田田的葉子。葉子出水很高，像亭亭的舞女的裙。層層的葉子中間，零星地點綴著些白花，有裊娜地開著的，有羞澀地打著朵兒的；正如一粒粒的明珠，又如碧天裏的星星，又如剛出浴的美人。微風過處，送來縷縷清香，彷彿遠處高樓上渺茫的歌聲似的。這時候葉子與花也有一絲的顫動，像閃電般，霎時傳過荷塘的那邊去了。葉子本是肩並肩密密地挨著，這便宛然有一了道凝碧的波痕。葉子底下是脈脈的流水，遮住了，不能見一些顏色；而葉子卻更見風致了。

月光如流水一般，靜靜地瀉在這一片葉子和花上。薄薄的青霧浮起在荷塘裏。葉子和花彷彿在牛乳中洗過一樣；又像籠著輕紗的夢。雖然是滿月，天上卻有一層淡淡的雲，所以不能朗照；但我以爲這恰是到了好處——酣眠固不可少，小睡也是別有風味的。月光是隔了樹照過來的，高處叢生的灌木，落下參差的斑駁的黑影，峭楞楞如鬼一般；彎彎的楊柳的稀疏的倩影，卻又像是畫在荷葉上。塘中的月色並不均勻；但光與影有著和諧的旋律，如梵婀玲（violin小提琴）上奏著的名曲。

荷塘的四面，遠遠近近，高高低低都是樹，而楊柳最多。這些樹將一片荷塘重重圍住；只在小路一旁，漏著幾段空隙，像是特爲月光留下的。樹色一例是陰陰的，乍看像一團煙霧；但楊柳的丰姿，便在煙霧裏也辨得出。樹梢上隱隱約約的是一帶遠山，只有些大意罷了。樹縫裏也漏著一兩點路燈光，沒精打彩的，是渴睡人的眼。這時候最熱鬧的，要數樹上的蟬聲和水裏的蛙聲；但熱鬧是他們的！

忽然想起採蓮的事情來了。採蓮是江南的舊俗，似乎很早就有，而六朝時爲盛；從詩歌裏可以約略知道。採蓮的是少年的女子，他們是蕩著小船，唱著豔歌去的。採蓮人不用說很多，還有看採蓮的人。那是一個熱鬧的季節，也是一個風流的季節。梁元帝〈採蓮賦〉裏說的好：

於時妖童媛女，盪舟心許；鷁首徐回，兼傳羽杯；棹將移而藻掛，船欲動而萍開。爾其纖腰束素，遷延顧步；夏始春餘，葉嫩花初，恐沾裳而淺笑，畏傾船而斂裾。

可見當時嬉游的光景了。這眞是有趣的事，可惜我們現在早已無福消受了。

於是又記起〈西洲曲〉裡的句子：

採蓮南塘秋，蓮花過人頭；低頭弄蓮子，蓮子清如水。

今晚若有採蓮人，這兒的蓮花也算得「過人頭」了；只不見一些流水的影子，是不行的。這令我到底惦著江南了。——這樣想著，猛一抬頭，不覺已是自己的門前；輕輕地推門進去，什麼聲息也沒有，妻已睡熟好久了。

第五章

愛、自由與美
——徐志摩

我的世界太過安靜，靜得可以聽見自己心跳的聲音。
心房的血液慢慢流回心室，如此這般的輪迴。
聰明的人，喜歡猜心，
也許猜對了別人的心，卻也失去了自己的。
傻氣的人，喜歡給心，
也許會被人騙，卻未必能得到別人的。
你以為我刀槍不入，我以為你百毒不侵。

作家小檔案

詩人徐志摩，原名章垿，字志摩，浙江海寧人。自幼生活在富裕的家庭，並曾留學英國。胡適說徐志摩的一生在追求「愛」、「自由」與「美」（《新月》四卷一期《志摩紀念號》），而他據此所倡導的新詩格律，對現代詩壇產生了深遠的影響。

一、追求浪漫愛

徐志摩出生於浙江海寧富戶，父親徐申如是硤石商會會長，經營發電廠、梅醬廠、絲綢莊和錢莊等生意。徐志摩幼年時期先在家塾讀書，後來進開智學堂師從張樹森，因而奠定了深厚的古文基礎。中學時期入杭州府中學就讀，此即後來的杭州一中，現今已改爲杭州高級中學。在此求學期間，徐志摩因愛好文學，於是在校刊《友聲》發表論文〈論小說與社會之關係〉，文中指出小說有裨益於社會，應竭力提倡。

徐志摩中學畢業後，考入上海滬江大學（現今該校址為上海理工大學）。一九一五年在父母安排下，與張君勱的妹妹張幼儀結婚，之後轉入上海浸信會學院，隔年轉入北京北洋大學（今天津大學）法科預科。次年，北洋大學法科併入北京大學，徐志摩便進入北京大學預科學習。兩年後，拜梁啓超為師，並赴美國克拉克大學歷史系留學，隔年入哥倫比亞大學經濟系，一九二〇年轉往英國倫敦大學倫敦政治經濟學院，並於此時認識了英國作家赫伯特·喬治·威爾斯，因而啓發他對文學的熱情。在這段期間裡，徐志摩邂逅了林長民的女兒林徽因，並展開追求，同時要求在英國陪讀並懷了次子的元配張幼儀墮胎離婚。張幼儀不同意，徐志摩竟不告而別。

一九二二年徐、張離婚，徐志摩轉入劍橋大學國王學院，十月回國。一九二三年與胡適、聞一多、梁實秋、陳源等人發起「新月社」，並於北京大學英文系任教。一九二四年，印度詩人泰戈爾訪華，徐志摩陪同他至各地訪問，並陪同赴日本、香港等地接受採訪。同年八月，徐志摩的第一本詩集《志摩的詩》出版。不久之後，他辭去北大教職，赴歐洲旅遊，一年後回國任光華大學教授兼東吳大學法學院英語教授，並主持《晨報副刊·詩》。這段時間徐志摩與友人王賡相聚，王賡的妻子陸小曼聰慧活潑，是當時賦稅司長陸子福的獨生愛女，陸子福畢業於日本早稻田大學，亦曾是日本首相伊藤博文的得意學生。在徐志摩與陸小曼論及婚嫁時，徐志摩的父親執意請梁啓超證婚，徐志摩求助於胡適，請來了梁任公，然而梁任公卻在婚禮上痛斥徐志摩：「你這個人性情浮躁，所以在學問方面沒有成就，你這個人用情不專，以致離婚再娶……以後務要痛改前非，重作新人……希望這是你們最後一次結婚。」婚禮結束後，徐志摩與陸小曼定居於上海。婚後他開始籌辦新月書店，並出版了第二本詩集《翡冷翠的一夜》，接著在一九二七年與聞一多、饒孟侃、葉公超等創辦《新月》月刊。隔年再赴日、美、歐、印等地旅遊，寫下最著名的〈再別康橋〉。一九二九年徐志摩任中華書局編輯，並應聘為國立中央大學文學院英語文學教授，又兼中華書局、大東書局編輯。一九三一年與陳夢家、方瑋德等創辦《詩刊》季刊，任北京大學英文系教授，兼北平女子大學教授。此時新詩《猛虎集》出版。徐志摩因離棄妻兒再娶友人之妻，父親盛怒之下中斷了經濟援助，然而陸小曼卻仍舊揮霍，他們住著三層樓住所，每月租金一百銀洋，並有女傭、司機、廚師、男僕，以及貼身丫鬟，如此巨大開銷使徐志摩入不敷出，於是胡適邀請徐志摩兼任北京大學教職以貼補家用。為此，徐志摩常在上海、南京、北京等地間往返，同時又在光華大學、東吳大學、大夏大學等校講課，課餘繼續趕寫詩文，賺取稿費，而陸小曼則習慣了跳舞、打牌、票戲的夜生活。

一九三一年十一月十九日，徐志摩為了林徽因將在北平協和禮堂為外國使節演講「中國建築藝術」，於早晨八點鐘搭中國航空公司「郵政號」自南京北上，卻不料在大霧中飛機誤觸山東濟南開山，而徐志摩在高空中已將飛機窗戶打開，造成冷空氣瞬間衝擊面部，徐志摩因失溫而造成腦死，得年三十四。郁達夫在哀悼文中將徐志摩的死與大詩人拜倫和雪萊並列。

等。

二、修辭意境與音樂性

徐志摩短暫的一生計有詩集：《志摩的詩》、《猛虎集》（收錄〈再別康橋〉）、《翡冷翠的一夜》、《雲遊》、《徐志摩全集》，散文集：《落葉》、《巴黎的鱗爪》、《自剖》、《秋》，小說散文集：《輪盤》，與陸小曼合著的戲劇：《卞昆岡》，日記：《愛眉小札》（寫給陸小曼的日記）、《志摩日記》，以及譯著：《曼殊斐爾小說集》等。

徐志摩的新詩受到英美詩人雪萊的影響，重視格律亦充分展現了個人風格與濃烈的感情，此間充滿豐富的想像力，能運用生動的取譬，同時重視意境，亦講究語言的音樂性，讀來令人感受嫵媚風流多情又浪漫的情調，尤其具有溫柔深情的特質。此外，徐志摩受西方世紀末唯美主義與印象派思潮的影響，有些詩表現出隱晦神秘與黯然憂傷的情緒，語言的雕琢也是他很突出的特色之一。整體作呈現出多元的寫作風貌。

徐志摩的散文包含了靈奇詩意的想像空間，因擅長言情，表達坦率而任真，加上詞采絢爛，又愛好自然，表現在文學手法上便多運用了反覆疊唱與排比等修辭技巧。胡適曾指出：「他的人生觀眞是一種『單純信仰』，這裡面只有三個大字，一個是愛，一個是自由，一個是美。他夢想這三個理想的條件能夠會合在一個人生裡，這就是他的單純信仰。他一生的歷史，只是他追求這個單純信仰實現的歷史。」

三、作品賞析

（一）雪花的快樂

假若我是一朵雪花，
翩翩的在半空裡瀟灑，
我一定認清我的方向
——飛揚，飛揚，飛揚，
這地面上有我的方向。
不去那冷寞的幽谷，
不去那淒清的山麓，
也不上荒街去惆悵
——飛揚，飛揚，飛揚，
——你看，我有我的方向！

在半空裡娟娟的飛舞，

認明瞭那清幽的住處，
等著她來花園裡探望
——飛揚，飛揚，飛揚，
——啊，她身上有硃砂梅的清香！

那時我憑藉我的身輕，
盈盈的，沾住了她的衣襟，
貼近她柔波似的心胸
——消溶，消溶，消溶
——溶入了她柔波似的心胸。

這首詩寫於一九二四年十二月三十日，其後發表於一九二五年一月十七日《現代評論》第一卷第六期。這首充滿純潔熱情的詩，傳達出徐志摩內心深處對理想的追尋。詩人以如此輕盈的文字來抗禦複雜現實環境所帶來的重荷，徐志摩的可愛是在於即使面臨著現實世界即將摧毀的高壓時刻，他依然是那片快樂的雪花，比起「我不知道風在哪個方向吹」的無限悵惘，此時的徐志摩內心無疑更爲清明與堅定。〈雪花的快樂〉是詩人以雪花擬人，並且是自我的化身，那樣「翩翩的在半空裡瀟灑」，既是絕美，又將在剎那間消融。儘管如此，這雪花仍是充滿著詩人的意志的，詩人的靈魂透過雪花反映爲美而死的心願。他是如此熱切地追求美和自由，並且絲毫不感到痛苦或絕望，因爲他已充分地享受到他自己所選擇的自由，於是他熱愛這份快樂。

「飛揚，飛揚，飛揚」歡快的語調中帶著堅定的信念，彷彿輕鬆卻也十分執著，這是詩人意識自覺的時刻，那位心胸似柔波一般美好的她，如今已成爲美學永恆的意象。儘管詩人當初在寫作的當下，正承受著靈魂深處的苦，卻終將在他熱情又樂觀的意志中，將飛揚的雪花描繪成令人感動的漫舞者。因此詩的字句本身已足已使詩人的心靈飛揚，而不再愁腸鬱結。這首詩鏗鏘的音韻，以及起承轉合的章法之美，連帶使人體會到作者當時情緒的起伏。詩人將他所塑造的一切奠基於「假如」之上，在柔美的格調中承載著內心淡淡的憂傷。雪花象徵詩人的心志，雖然飄蕭跌宕，卻在在符合了大自然的韻律與個人情志。徐志摩的語言風格與詩歌氣韻聯繫得天衣無縫，他在《猛虎集》序文曾寫道：「詩人也是一種癡鳥，他把他的柔軟的心窩緊抵著薔薇的花刺，口裡不住地唱著星月的光輝與人類的希望，非到他的心血滴出來把白花染成大紅他不住口。他的痛苦與快樂是深成的一片。」正是這份癡情，成就了其詩歌清純眞摯的愛與美。

（二）我不知道風是在哪一個方向吹

我不知道風
是在哪一個方向吹
我是在夢中，
在夢的輕波裏依洄。

我不知道風
是在哪一個方向吹
我是在夢中，
她的溫存，我的迷醉。

我不知道風
是在哪一個方向吹
我是在夢中，甜美是夢裏的光輝。

我不知道風
是在哪一個方向吹

我是在夢中，
她的負心，我的傷悲。

我不知道風
是在哪一個方向吹
我是在夢中，
在夢的悲哀裏心碎。

我不知道風
是在哪一個方向吹
我是在夢中，
黯淡是夢裏的光輝。

這首詩寫於一九二八年，初載於三月十日《新月》月刊第一卷第一號。全詩六節，每節前三句輾轉反覆，像是音樂的旋律，使人感受到詩人「在夢中」的迷濛心境，然而就在我們似乎將要捕捉到一些關於他寫這首詩背後的真實故事時，卻又讓一陣陣不知道往哪個方向吹的風，給牽引得迷惘了。整首詩如同有人正在吟唱一般，旋律感將我們的心搖漾得醺然陶醉。「我不知道風是在哪一個方向吹——我是在夢中，在夢的輕波裏依洄。」全詩的意境在第一段裡，已經和盤托出，其後卻又翻覆疊唱，彷彿爲了將這樣的意志以吟唱的方式，深入人們的心坎裡。徐志摩曾在〈「新月」的態度〉一文中指出：「要從惡濁的底裡解放聖潔的泉源，要從時代的破爛裡規復人生的尊嚴——這是我們的志願。成見不是我們的，我們先不問風是在哪一個方向吹。功利也不是我們的，我們不計較稻穗的飽滿是在那一天。……生命從它的核心裡供給我們信仰，供給我們忍耐與勇敢。爲此我們方能在黑暗中不害怕，在失敗中不頹喪，在痛苦中不絕望。生命是一切理想的根源，它那無限而有規律的創造性給我們在心靈的活動上一個強大的靈感。它不僅暗示我們，逼迫我們，永遠望創造的、生命的方向上走，它並且啓示我們的想像。……我們最高的努力目標是與生命本體相綿延的，是超越死線的，是與天外的群星相感召的。」這是「新月」的態度，同時也是徐志摩的文學理想，他希望：無論風在哪一個方向吹，我們都不失去生命的本質，時時回復眞誠的天性。因爲生命中有太多憂慮、苦悶、恐懼和猜忌，於是我們更要守護天性中的純眞，發揚生命中的良善，抵抑惡的生長，才能逐漸走向人格完美成熟的境地。眞正做到心遊物外，與大化流行和宇宙眞理同存。

（三）翡冷翠山居閒話

在這裡出門散步去，上山或是下山，在一個晴好的五月的向晚，正像是去赴一個美的宴會，比如去一果子園，那邊每株樹上都是滿掛著詩情最秀逸的果實，假如你單是站著看還不滿意時，只要你一伸手就可以採取，可以恣嚐鮮味，足夠你性靈的迷醉。陽光正好暖和，絕不過暖；風息是溫馴的，而且往往因為他是從繁花的山林裡吹度過來，他帶來一股幽遠的淡香，連著一息滋潤的水氣，摩挲著你的顏面，輕繞著你的肩腰，就這單純的呼吸已是無窮的愉快；空氣總是明淨的，近谷內不生煙，遠山上不起靄，那美秀風景的全部正像畫片似的展露在你的眼前，供你閒暇的鑑賞。

作客山中的妙處，尤在你永不須躊躇你的服色與體態；你不妨搖曳著一頭的蓬草，不妨縱容你滿腮的苔蘚；你愛穿什麼就穿什麼；扮一個牧童，扮一個漁翁，裝一個農夫，裝一個走江湖的桀卜閃（今多譯為「吉普賽」），裝一個獵戶；你再不必提心整理你的領結，你盡可以不用領結，給你的頸根與胸膛一半日的自由，你可以拿一條這邊顏色的長巾包在你的頭上，學一個太平軍的頭目，或是拜倫那埃及裝的姿態；但最要緊的是穿上你最舊的舊鞋，別管他模樣不佳，他們是頂可愛的好友，他們承著你的體重卻不叫你記起你還有一雙腳在你的底下。

這樣的玩頂好是不要約伴，我竟想嚴格的取締，只許你獨身；因為有了伴多少總得叫你分心，尤其是年輕的女伴，那是最危險最專制不過的旅伴，你應得躲避她像你躲避青草裡一條美麗的花蛇！平常我們從自己家裡走到朋友的家裡，或是我們執事的地方，那無非是在同一個大牢裡從一間獄室移到另一間獄室去，拘束永遠跟著我們，自由永遠尋不到我們；但在這春夏間美秀的山中或鄉間你要是有機會獨身閒逛時，那才是你福星高照的時候，那才是你實際領受，親口嚐味，自由與自在的時候，那才是你肉體與靈魂行動一致的時候；朋友們，我們多長一歲年紀往往只是加重我們頭上的枷，加緊我們脚脛上的鏈，我們見小孩子在草裡在沙堆裡在淺水裡打滾作樂，或是看見小貓追他自己的尾巴，何嘗沒有羨慕的時候，但我們的枷，我們的鏈永遠是制定我們行動的上司！所以只有你單身奔赴大自然的懷抱時，像一個裸體的小孩撲入他母親的懷抱時，你才知道靈魂的愉快是怎樣的，單是活著的快樂是怎樣的，單就呼吸單就走路單就張眼看聳耳聽的幸福是怎樣的。因此你得嚴格的爲己，極端的自私，只許你，體魄與性靈，與自然同在一個脈搏裡跳動，同在一個音波裡起伏，同在一個神奇的宇宙裡自得。我們渾樸的天眞是像含羞草似的嬌柔，一經同伴的抵觸，他就捲了起來，但在澄靜的日光下，和風中，他的恣態是自然的，他的生活是無阻礙的。

你一個人漫遊的時候，你就會在青草裡坐地仰臥，甚至有時打滾，因爲草的和暖的顏色自然的喚起你童稚的活潑；在靜僻的道上你就會不自主的狂舞，看著你自己的身影幻出種種詭異的變相，因爲道旁樹木的陰影在他們紆徐的婆娑裡暗示你舞蹈的快樂；你也會得信口的歌唱，偶爾記起斷片的音調，與你自己隨口的小曲，因爲樹林中的鶯燕告訴你春光是應得讚美的；更不必說你的胸襟自然會跟著曼長的山徑開拓，你的心地會看著澄藍的天空靜定，你的思想和著山壑間的水聲，山罅裡的泉響，有時一澄到底的清澈，有時激起成章的波動，流，流，流入涼爽的橄欖林中，流入嫵媚的阿諾河去……。

並且你不但不須應伴，每逢這樣的遊行，你也不必帶書。書是理想的伴侶，但你應得帶書，是在火車上，在你住處的客室裡，不是在你獨身漫步的時候。什麼偉大的深沉的鼓舞的清明的優美的思想的根源不是可以在風籟中，雲彩裡，山勢與地形的起伏裡，花草的顏色與香息裡尋得？自然是最偉大的一部書，葛德說，在他每一頁的字句裡我們讀得最深奧的消息。並且這書上的文字是人人懂得的；阿爾帕斯與五老峰，雪西里與普陀山，來因河與揚子江，梨夢湖與西子湖，建蘭與瓊花，杭州西溪的蘆雪與威尼市夕照的紅潮，百靈與夜鶯，更不提一般黃的黃麥，一般紫的紫藤，一般青的青草同在大地上生長，同在和風中波動——他們應用的符號是永遠一致的，他們的意義是永遠明顯的，只要你自己心靈上不長瘡瘢，眼不盲，耳不塞，這無形跡的最高等教育便永遠是你的名分，這不取費的最珍貴的補劑便永遠供你的受用；只要你認識了這一部書，你在這世界上寂寞時便不寂寞，窮困時不窮困，苦惱時有安慰，挫折時有鼓勵，軟弱時有督責，迷失時有南針。

十四年七月

〈翡冷翠山居閒話〉是徐志摩在義大利佛羅倫斯旅居時，所寫下的散文。這篇抒情小品極富田園情懷，同時也是一篇「詩化」的散文。詩人行文節奏悠閒從容，在閒適的情調中，與讀者談心。這樣的敘述與寫景，顯得十分親切自然，使我們很樂意與他共享這美好而性靈的時刻。徐志摩始終秉持「自然是最偉大的一部書」這樣的理念，並一再地從自我內心抒發眞實的情感，透過抒情的筆調細細地講述獨自作客佛羅倫斯的快樂。在我們靜心聆聽徐志摩娓娓道來的閒話之中，身心彷彿已返回大自然，得到自在漫遊時光的享受與精神洗禮。

徐志摩的語言表達極爲順暢，在一氣呵成的散文敘述中，他營構出暢流自然如行雲流水般的優美語感，令人彷佛也有同他散步時心曠神怡的感受。他說：「在這裡出門散步去，上山或是下山，在一個晴好的五月的向晚，正像是去赴一個美的宴會，比如，去一果子園，那邊每株樹上都是滿掛著詩情最透逸的果實，假如你單是站著看還不滿意時，只要你一伸手就以摘取，可以恣嚐鮮味，足夠你性靈的迷醉。」我們在他的文字中陶醉了，彷佛也順手摘取了水果，與他一道品嘗那份自然的清新！接著他引導讀者感覺周遭舒適的氛圍：「陽光正好暖和，絕不過暖；風息是溫馴的，而且往往因爲他是以繁花的山林裡吹度過來他帶來一股幽遠的淡香。」適度的陽光下，風兒清清地吹，吹過繁花來到我們鼻息間，又轉爲一股馨香。從膚觸到嗅覺，佛羅倫斯美得空靈，卻也隨著文字散播到我們的心田。徐志摩自由調度長短句，引領讀者一口氣兒讀完他的文章，闔上扉頁時，便會有一陣空靈的迷醉襲來，如泉水般源源地湧出，可知他雖深在外國，並受西化影響之深，卻也同時能夠掌握中文語言一鬆一馳，並善於調節組合修辭，使文脈氣韻生動，富有音韻的特質。他喜好遠離塵俗，在個性中投入了從容自適與包容萬物的廣闊胸懷，沉湎於大自然的懷抱，始回歸於嬰兒般天真的初心，因此生命境界與自然達到體悟相通，而這也正是徐志摩文學精神上最可貴的地方。

第六章

生怕情多累美人
——郁達夫

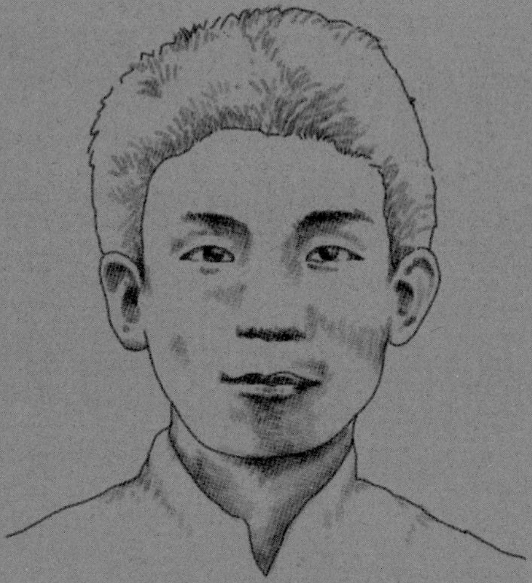

曾因酒醉鞭名馬，生怕情多累美人。

作家小檔案

郁達夫，名文，字達夫，浙江富陽人。著名小說家、散文家、詩人。一九二一年與郭沫若、成仿吾、張資平等留日學生共同組成「創造社」。同年首部短篇小說集《沉淪》出版，造成國內文壇轟動。曾任教於武昌師範大學、廣州中山大學，及安徽大學。一九四〇年創建新加坡南洋學會。一九四一年太平洋戰爭爆發，郁達夫擔任星華文化界暫時工作團團長。一九四五年於蘇門答臘遇害。

郁達夫是中國現代文壇著名的作家，其創作文類涵蓋了小說、散文，以及詩詞，其中包含了許多著名的篇章，而他同時也是創造社的主要發起人。除了文學作品，郁達夫一生的愛情與婚姻經歷，亦常爲後人所矚目。

一、孤獨與性壓抑

郁達夫的本名是郁文，他出生在浙江省富陽市的滿州弄，此弄如今已更名為「郁達夫弄」。

郁達夫從小就很有文學天份，九歲即能寫詩，在杭府中學讀書時，與詩人徐志摩成為摯友。郁達夫十七歲赴日本留學，先在名古屋大學的前身第八高等學校就讀，其後轉入東京帝國大學經濟部修讀。在這段留學期間裡，郁達夫大量地閱讀西方小說，尤其是德國與俄國文學，並與郭沫若、成仿吾、張資平等留學生一同組成了「創造社」。這是一個文學性的社團，而郁達夫從此也走上了創作小說的人生道路。

事實上，郁達夫在回國之前，已經出版了第一部短篇小說集《沉淪》。書中描述一位獨來獨往的留日學生，他生活的無望來自祖國的疲弱，於是他總是在渴望恢復正常人際關係與強烈仇恨同儕的情緒之間來回擺盪。尤有甚者，男主人公經常性地偷窺女性入浴，還在好勝心的驅使下，走近了妓女的身邊，從而明顯地感受到連妓女都鄙視著他。

郁達夫以孤獨和性壓抑雙重主題，夾帶著對於當時祖國的矛盾情結，成就了私小說寫作的高度，一時間引起文壇的轟動！回國之後，他先在安慶法政專校教授英語，隨後轉往北京大學專講統計學，旋即又轉赴武昌師範大學任教，此後與郭沫若一同在廣州中山大學文學院教書，不久又辭職，再轉往安徽大學中文系。在這段輾轉任教的期間，郁達夫曾參與《洪水》雜誌的編輯、上海左翼作家聯盟，不久之後，又擔任了浙江省政府參議。從安徽大學辭職後，他也陸續在《中國新文學大系》散文二集任職主編，並於福建省政府擔任參議兼公報室主任，而且曾在一九三六年訪問臺灣，見到楊雲萍、黃得時等著名文化人。

抗戰爆發後，郁達夫擔任《福建民報》副刊主編、政治部設計委員、中華全國文藝界抗敵協會常務理事，並曾前往南洋，宣傳抗戰。在南洋期間，郁達夫於新加坡擔任《星洲日報》文藝副刊《晨星》、《星洲晚報》文藝副刊《繁星》，以及《星光畫報》文藝版等各版面主編。這段時期，他非常熱衷於藝術，曾與旅居新加坡的畫家徐悲鴻、劉海粟，以及音樂家任光密切交往。總計他在新加坡三年的時間裡，一共發表了超過四百篇抗日政論文章，同時他也是新加坡南洋學會的創辦人之一。

一九四一年底太平洋戰爭爆發，郁達夫陸續擔任星華文化界戰時工作團團長、華僑抗敵動員委員會執行委員，並組織星州華僑義勇軍，以實際的行動抗日。最後在新加坡失守後，逃亡至蘇門答臘避禍。流亡期間，郁達夫化名爲趙廉，並以開設酒廠維生。當時日本憲兵發現他是懂日語的華僑，因此請他翻譯，郁達夫願意充當翻譯，而且不收酬勞，因爲他想利用此職務暗中保護並解救某些華僑和印尼人。

然而就在日本投降後不久，郁達夫竟然神秘地失蹤了！後人懷疑他當時被日本憲兵懲辦，也有人認爲他是被當地抗日民衆視爲漢奸而遭到殺害。時至今日，郁達夫的失蹤仍是一個謎，至一九五二年中華人民共和國中央人民政府始追認郁達夫爲革命烈士。

郁達夫一生有過三次婚姻，第一度是在留日之前，奉母命與浙江富陽孫蘭坡連姻，蘭坡後改名爲孫荃，她在郁達夫從日本回國後，正式結婚，育有二子二女。一九二七年，郁達夫在杭州認識了王映霞，映霞小名金鎖，與郁達夫訂婚之後，孫荃同郁達夫正式分居。而郁、王兩人的婚姻關係，卻在結褵十年後，以王映霞突然出走告終。郁達夫當時發現了許紹棣給王映霞的情書，於是與王離婚。在這段婚姻關係裡，他們育有四子一女。最後，在蘇門答臘時期，郁達夫又與華僑何麗有結婚，婚後生一子一女，其幼女後來成了遺腹女。

二、青年的苦悶

郁達夫早期的小說暴露出青年的苦悶心情，同時突顯出靈與肉的衝突，而這正是作家自身在異鄉留學時，飽受壓抑與屈辱的寫照。《沉淪》的男主人公是一位留日的中國學生，他憂鬱的性格容或是弱國子民遭受冷遇的原因，然而他所有的渴望卻也僅是單純地希望擁有一般年輕人都想得到的友情與愛情。郁達夫於是寫出了一個世代知識青年最大的困擾和迷惘，同時也反映出五四新青年熱切希望國家強盛的側面心境。

郁達夫在作品中的吶喊與控訴，既透顯出他本質的率眞，同時也使我們深刻的感受到當時國家處境受壓迫的現時處境。他因爲受到盧梭思想的影響，而有自傳性色彩的作品問世，同時在精神上也傾向於自然主義寫作，而他的小說裡亦不乏病態、自戕的心理與行爲描述，因而彰顯了他的叛逆精神與反抗意識。個人欲望與愛國情操在他陰鬱的基調下，揉合成爲無法分割的整體。而且在藝術手法上，郁達夫經常使用內心獨白體，亦即以人物的自白來顯發其內心的眞實想法。在自然而然地流露之中，主人公坦然道出心靈最深處秘密。這樣的表述，不僅帶出了作品的眞實感，同時對讀者造成強大的吸引力，牽動了青年人內在脆弱的神經，與之發出強烈的共鳴。

郁達夫在《沉淪》中說道：「我怎麼會走上那樣的地方去的？我已經變成一個最下等的人了。悔也無及。我就在這裡死了罷了。我所求的愛情，大約是求不到的了。沒有愛情的生涯，豈不同死灰一樣麼？唉，這乾燥的生涯，世上的人又都在那裡仇視我，欺侮我，……我將何以爲生？我又何必生存在這多苦的世界裡呢！」這一聲聲零餘者（superfluous man）的慨歎，使我們彷彿一腳踏進了屠格涅夫的世界，一個得了重度肺癆的沒落貴族，回憶自己短短三十年的光陰，唯一值得欣慰的僅有與戀人相愛的那段時光。《零餘者的日記》裡，主人公自悼：「我這一輩子，總是發覺我的位置被他人給佔據了」，「我就像輪子裡的松鼠，不停地打轉……。」事實上，郁達夫曾經沉溺在這樣的作品裡，幾乎是找到了文學的歸宿：「讀杜格涅夫的The Diary of a Superfluous Man，這是第三次了。大作家的作品像嚼橄欖，愈嚼愈有回味。」

零餘者與社會形成了巨大的反差，甚至於是衝突。他們不能融入人群，而且難以被歸類，而這正是郁達夫面對自我時，內心所浮現的眞實形象。他的自我形塑容或可以用心理學和病理的角度來審視，然而靈與肉的衝突、生命的苦悶與困頓，自古以來也正是文學的主題之一。郁達夫說：「《沉淪》是描寫一個有病青年的心理，也可以說是青年抑鬱病 Hypochondria 的剖析，裡面也帶有敘述現代人的苦悶，便是性的要求與靈肉的衝突。」作家於是突顯了文學思想的現代性，這其間包含了個人主體與國族主體的雙重憂患，小說主角的苦痛，來自青春期的躁鬱、漂泊者的孤獨，以及面對國家深重危機的總和。即使郁達夫以第三人稱「他」來從事書寫，事實上那仍然是作者的投影，是自我剖白與抒發情懷的展演。而這樣的寫作模式不僅開啓了郁達夫的創作生涯，同時這也是他自始至終將人性的剖析、人道精神的顯揚與其表現自我精神面貌，三者融和無間的一貫手法。

三、篇章賞析：《春風沉醉的晚上》

郁達夫以散文化的小說敘事手法，描述了上一世紀二十年代在上海無以維生的窘迫知識青年簡子間。他住在黑暗破敗的窄巷裡，緊鄰著菸廠女工陳二妹。故事剛開始先描寫房東的形貌：

我的房主，是一個五十來歲的彎腰老人。他的臉上的青黃色裡，映射著一層暗黑的油光。兩只眼睛是一隻大一隻小，顴骨很高，額上頰上的幾條皺紋裡滿砌著煤灰，好像每天早晨洗也洗不掉的樣子。他每日於八九點鐘的時候起來，咳嗽一陣，便挑了一雙竹籃出去，到午後的三四點鐘總仍舊是挑了一雙空籃回來的，有時挑了滿擔回來的時候，他的竹籃裡便是那些破布破鐵器玻璃瓶之類。像這樣的晚上，他必要去買些酒來喝喝，一個人坐在床沿上瞎罵出許多不可捉摸的話來。

郁達夫能以飽滿的形象化語言，刻畫這樣一個活在末世的破落戶老人，使人讀之宛然目前。作者同時又對他的生活作了簡單的勾勒，隨即讓我們對一個憤世孤獨的老者全部的生活有所領會，而且回眸作者筆下的衆人物書寫，往往感覺歷歷如繪、生動畢肖，總是能留下回味再三的餘韻。

除此之外，文中也對男主角居住的貧民窟作了寫實的描述：「這幾排房子，從地上量到屋頂，只有一丈幾尺高。我住的樓上的那間房間，更是矮小得不堪。若站在樓板上伸懶腰，兩只手就要把灰黑的屋頂穿通的。」寥寥數筆道盡了簡子間的窘迫與無奈。這位患有神經衰弱症的男子，生活中唯一的寄託僅是兩疊書，而他也僅能以寫作和翻譯來謀生。事實上他總是對著燭光發呆，有時就著書裡的插畫演繹出不近人情的幻想。被黑暗和汙濁包圍的生活景況，以及百無聊賴的頹廢狀態，引發了鄰住者陳二妹的疑懼。郁達夫開始寫二妹說話時，首先凸出她的口音：「『你天天在這裡看的是什麼書？』（她操的是柔和的蘇州音，聽了這一種聲音以後的感覺，是怎麼也寫不出來的，所以我只能把她的言語譯成普通的白話。）」

在男主人公所住的這間黑暗的屋子裡，陳二妹的腔調像是一件令人心頭一亮的事物，為他慘澹經營的苦悶日子，投擲下一抹光輝。這個落魄而且習慣於在黑夜裡生活的文人，孤寂地坐在自己的書堆上，一聽到聲響，猛回頭也僅是看到自己身子的巨大投影。文中影射他活在自我的世界裡，甚至於不知今夕是何夕。終於，他在黑暗陰鬱的世界中還能看到另一個人，陳二妹用一雙漆黑的大眼，深深地望著他，這也是一個純真、善良的靈魂，正在試圖了解眼前的現象。二妹細膩又溫柔地關心著她的鄰居，其實她自己卻正受著菸廠工頭的壓迫、覬覦而痛苦不堪。然而二妹還是送給子間麵包和香蕉，麵包希望他收著明天吃，此刻先一同吃香蕉吧。這個十七歲的女孩，父親剛過世，雖未提過母親，但是據表面觀察，她已是一名無依無靠的孤女。即使孤苦至此，她仍能送吃食給旁人，還讓對方留著麵包，可知她不僅心腸好，而且也有自己的心思。

然而，二妹後來還是帶著疑懼的眼光疏遠了子間。因為她不明白為何子間每晚出門，到天亮才回來。箇子間因患有精神衰弱症，於是他需要出門疏散心情、活絡身心。

天氣好像變了。幾日來我那獨有的世界，黑暗的小房裡的腐濁的空氣，同蒸籠裡的蒸氣一樣，蒸得人頭昏欲暈，我每年在春夏之交要發的神經衰弱的重症，遇了這樣的氣候，就要使我變成半狂。所以我這幾天來到了晚上，等馬路上人靜之後，也常常想出去散步去。一個人在馬路上從狹隘的深藍天空裡看看群星，慢慢的向前行走，一邊作些漫無涯涘的空想，倒是於我的身體很有利益。當這樣的無可奈何，春風沉醉的晚上，我每要在各處亂走，走到天將明的時候才回家裡。我這樣的走倦了回去就睡，一睡直可睡到第二天的日中，有幾次竟要睡到二妹下工回來的前後方才起來，睡眠一足，我的健康狀態也漸漸的回復起來了。平時只能消化半磅麵包的我的胃部，自從我的深夜遊行的練習開始之後，進步得幾乎能容納麵包一磅了。這事在經濟上雖則是一大打擊，但我的腦筋，受了這些滋養，似乎比從前稍能統一。我於遊行回來之後，就睡之前，卻做成了幾篇Allan Poe式的短篇小說，自家看看，也不很壞。我改了幾次，抄了幾次，一一投郵寄出之後，心裡雖然起了些微細的希望，但是想想前幾回的譯稿的絕無消息，過了幾天，也便把它們忘了。

有一天，子間竟然從郵差手裡收取到信件，通知他翻譯的稿子已經刊登，可領到五元稿費。於是我們看到他首次現身在陽光下，大街上滿是身穿華服的少年男女，街邊琳瑯滿目的商鋪與各色鮮亮的櫥窗，還有那鼎沸的市聲，簡直令他歡欣地以爲身在大羅天上！於是他唱起久已不唱京調，瞬間又看見面前正衝來一乘無軌電車，車頭上站著的那肥胖的機器手，伏出了半身，怒目大聲罵：「豬頭三！儂（你）艾（眼）睛勿散（生）咯！跌殺時，叫旺（黃）夠（狗）來抵儂（你）命噢！」子間呆呆的站住了腳，目送那無軌電車尾後卷起了一道灰塵，向北過去，他不知從何處發出了特殊的情緒，竟忍不住哈哈大笑！直到發現四面的行人都在注視他的時候，子間才紅了臉慢慢地走向閘路里。他壓抑多時的愁悶，此刻方煙消雲散、豁然釋懷。

子間原本領了稿費是準備繳房租的，可是沒想到走著走著突然「覺得身上就淋出了許多汗來。我向我前後左右的行人一看，復向我自家的身上一看，就不知不覺的把頭低俯了下去。我頭上頭上的汗珠，更同盛雨似的，一顆一顆的鑽出來了。」他太久沒有在光天化日下行走，此時竟發現身上破舊的棉布大衣與當下的季節相違，一陣自慚形穢的情緒包圍了他，於是他決定走向估衣鋪，換了件新衣，又尋著了賣糖食的店，「進去買了一塊錢巧格力香蕉糖雞蛋糕等雜食。」接著又順便去洗個澡。

那天深夜時分，與二妹共享巧克力的時光，是通篇小說最溫馨的時刻。二妹原是誤會了子間晚間夜遊是做歹事。最終她在晶瑩的淚光中指控工廠工頭，又勸子間多努力用功撰稿，別走上歧途。凝視著純眞善良的二妹，子間心裡忽而起了一種不可思議的感情，他想伸手去擁抱她一回，但是理性卻隨即命令道：「你莫再作孽了！你可知道你現在處的是什麼境遇，你想把這純潔的處女毒殺了麼？惡魔，惡魔，你現在是沒有愛人的資格的呀！」當感情興起的時候，子間把眼睛閉上了幾秒鐘，聽理性的命令，之後重新又睜開眼睛。「我覺得我的周圍，忽而比前幾秒鐘更光明了。對她微微的笑了一笑，我就催她說：『夜也深了，你該去睡了吧！明天你還要上工去的呢！我從今天起，就答應你把紙煙戒下來吧。』」

兩個能力單薄，不足以做自我主宰的人，短暫地相互依靠和慰藉。作者讓二妹默默地吃著巧克力，想說話卻又說不出來。她的沉默再度使我們意識到其本性的善良和被無情的工廠壓榨的苦難，她所滾落的淚珠是悲慘際遇的控訴。郁達夫筆下的人物經常被籠罩在陰鬱的世界裡，他們的個性淡泊如煙，面對社會無情冷酷的壓迫時，卻又分明存在著最沉重的痛楚！作家又像是個手法純熟的掌鏡人，將電影的一幕幕鏡頭畫分得清晰而且精準，絕無拖沓。他讓折射在自己陰影裡的男人，不能勇敢地愛著面前的弱女子，他所能做的僅是在每一個昏黑的夜裡，獨自行走在無人的淒涼街道上，連他自己也不知將走到哪裡？

在生活重壓之下，星光偶有閃現，他倆人在人生漫漫的寒夜中短暫得到了一段幸福時光。然而天明之後，知識青年仍是無力回天，他的悲淒與落寞，在那春風沉醉的晚上，更顯得黝暗無邊。

第七章

因爲愛過，所以慈悲
——張愛玲

如果情感和歲月也能輕輕撕碎，扔到海中，
那麼，我願意從此就在海底沉默。
你的言語，我愛聽，卻不懂得，
我的沉默，你願見，卻不明白。

作家小檔案

張愛玲，原名張煐，入學時，母親黃逸梵以女兒的英文名Eileen爲其易名爲愛玲。祖籍河北唐山豐潤，出生於上海公共租界。著名小說家。一九三九年曾獲倫敦大學獎學金，因二次大戰爆發，改入香港大學文學院。一九四一年底太平洋戰爭爆發，張愛玲中斷學業，於一九四二年回到上海。一九四三至一九四四年，連續發表《沉香屑・第一爐香》、《傾城之戀》、《金鎖記》、《心經》等作品，於上海淪陷區一舉成名。

張愛玲是中國現代史上著名的小說家。她的《沉香屑・第一爐香》、《傾城之戀》、《心經》、《金鎖記》等中、短篇小說，曾經震動上海文壇，而文學評論《紅樓夢魘》則又展現出她在古典小說領域的長期研讀，尤其是在紅學考據上所下的功夫。張愛玲的一生走過中國近現代史，從上海漂泊到香港，乃至於美國各地，最後在定居美國。她見證了一個時代的繁華喧囂，最終都落實於文學筆端，記錄了她眼中的華麗與滄涼。

一、童言無忌

張愛玲，本名張煐，祖籍河北豐潤，一九二〇年生於上海公共租界。她母親黃逸梵以其英文名字Eileen譯爲愛玲，成爲正式入學的學名。

張愛玲祖父母乃清末大臣張佩綸與李鴻章的長女李菊藕。她的母親是清末長江七省水師提督黃翼升的孫女。她所成長的年代正值中西價值觀交揉並呈的時期，在上海淪陷後，她所陸續發表的小說，可視爲張愛玲對那個特殊時代的觀察與捕捉。她的文學源自上海，然而她也曾指出：「我的上海話本來是半途出家，不是從小會的。我的母語，是被北邊話與安徽話的影響沖淡了的南京話。」在童年的生活裡，張愛玲除了父母，以及後來的繼母之外，最重要的親人就是她的弟弟張子靜。〈童言無忌〉中曾寫道：「我的弟弟生得很美而我一點也不。我比他大一歲，比他會說話，比他身體好，我能吃的他不能吃，我能做的他不能做。有了後母之後，我住讀的時候多，難得回家一次，大家紛紛告訴我他的劣跡，逃學、忤逆、沒志氣……。」

張愛玲出生在上海公共租界西區麥根路三百一十三號，今天已改爲靜安區康定東路八十七弄。此地臨近蘇州河，周邊曾是李鴻章的紡織染廠。而她的家庭在父親張志沂主導下，則呈現出典型清朝遺少的家風。一九二二年，張志沂擔任天津津浦鐵路局的英文秘書，於是全家搬到天津三十二號路六十一號大宅，那時張愛玲兩歲。而她在四歲之後開始進入私塾，當時她姑姑張茂淵赴英國留學，母親陪同前往。張志沂至此開始納外室，並且沉迷於鴉片煙的世界裡。

一九二八年張愛玲母親從英國回到上海，並且與張志沂離婚，張愛玲起初跟著父親住在寶隆花園生活，後來搬到她的母親與姑姑的住處法租界白爾登公寓。一九三一年，張愛玲進入美國聖公會所辦的貴族學校聖瑪利亞女中就讀。她就是在這個時候開始閱讀《紅樓夢》的，並於隔年在校刊上發表了處女作〈不幸的她〉，接著又有第一篇散文〈遲暮〉。

一九三四年，張愛玲的父親張志沂與民國政府前總理孫寶琦的女兒孫用蕃結婚，不久，張志沂聽信孫用蕃的讒言，痛打了張愛玲一頓，並掏出手槍揚言要殺她，接著張子靜因打碎了一塊玻璃，也被繼母毒打，張愛玲因而離家出走，投奔生母。在離開父親之前，她完成了章回小說《摩登紅樓夢》，這部著作還是由父親爲之撰述回目的。

一九三九年張愛玲獲得倫敦大學獎學金，準備留學英國，卻因第二次世界大戰爆發而改入香港大學。求學期間，張愛玲結識斯里蘭卡裔女子炎櫻（Fatima Mohideen），這是她終身的摯友，張愛玲曾寫下一系列的〈炎櫻語錄〉。一九四一年太平洋戰爭爆發後，十二月二十五日日本軍占領香港，張愛玲被迫中斷學業回到上海。當時因爲經濟窘困只得輟學，而她便是她投入文學創作的開始。當時她住在赫德路愛林登公寓，與姑姑張茂淵爲鄰。從一九四三年至一九四四年兩年之內，張愛玲因受到編輯周瘦鵑的賞識，因而連續發表多篇轟動文壇的小說：《沉香屑．第一爐香》、《傾城之戀》、《心經》、《金鎖記》……等，因此在淪陷時期的上海，一舉成名。一九四四年，汪精衛政權宣傳部次長胡蘭成追求張愛玲，兩人交往，並與張愛玲在上海秘密結婚，婚禮上只有炎櫻和胡蘭成的姪女胡青芸見證。張愛玲在婚書上寫下：「胡蘭成與張愛玲簽訂終身，結爲夫婦。」胡蘭成續寫：「願使歲月靜好，現世安穩。」不久，胡蘭成前往武漢辦報，卻與護士周訓德同居。至一九四五年，日本投降，胡蘭成化名張嘉儀，逃往溫州，又與范秀美同居，張愛玲曾前往探視。一九四七年張愛玲寫信給胡蘭成，決定分手。此時她開始與導演桑弧合作撰寫電影劇本，表現亦頗爲出色。

一九四九年共產黨執政後，張愛玲留在上海。五十年代初期，張愛玲隨上海文藝代表團到蘇北農村參加土改，卻無法符合的政府要求，寫出歌頌土改的作品，她感覺到自己與當時的環境不相屬，又因爲受到胡蘭成的牽連，遭逢巨大的政治壓力，因此在一九五二年遷居香港。在香港期間，張愛玲任職於美國新聞處（United States Information Service），她於此時寫下《秧歌》與《赤地之戀》，描述土改時期農民艱苦的處境，以及知青受到的危害。由於這樣的表述與當局主流不合，因此被視爲「毒草」，受到批判。從此在大陸文學界，張愛玲被打成反面形象，直到八十年代以後才漸有改觀。張愛玲在香港時期，結識鄺文美與宋淇，並在宋淇的引薦下，成爲電懋電影公司的主力編劇。

一九五五年張愛玲赴美定居，然因生活窘迫而進入新罕布夏州彼得堡的麥克道威爾文藝營（MacDowell Colony），並在此認識六十五歲左翼劇作家賴雅（Ferdinand Reyher），一九五六年八月十四日，兩人結婚。一九六一年張愛玲到香港，並轉往臺灣蒐集寫作材料，並尋求電影劇本的進一步發展機遇，此間曾與她的表姪女張小燕見面，繼而在畫家席德進的陪同下，遊訪臺北，隨後又與作家王禎和到花蓮觀光，張愛玲因此寫下一篇描寫臺灣的遊記〈重訪邊城〉，成爲張愛玲唯一描寫臺灣的文章。然而賴雅卻再度中風而癱瘓臥床，張愛玲隨即從香港回美國，以便照顧丈夫，此時她開始翻譯清代小說《海上花列傳》，同時也寫舊上海的回憶之作，因爲生活窘迫，便依靠臺灣皇冠出版集團再版其四十年代小說全集的版稅來維持生活。

一九六七年賴雅去世，張愛玲獲邀至雷德克里芙學校任駐校作家，同時繼續翻譯《海上花列傳》。兩年後，張愛玲移居加州舊金山灣區，應陳世驤教授邀請，任伯克利加州大學的中國研究中心（Center for Chinese Studies）高級研究員（Senior Researcher），針對中國共產黨專用術語及《紅樓夢》等課題進行研究。一九七一年陳世驤辭世，張愛玲離職，遷居加州洛杉磯。一九八三年《海上花列傳》官話翻譯本出版，分爲：《海上花開》、《海上花落》兩部。張愛玲「將那種嗲聲嗲氣的吳語對白，悉數轉換成了地道的晚清官話。同時，愛玲對於《海上花列傳》最大的貢獻就是爲作品中出現的晚清服飾、歡場行規、上海的風土人情都做了很多準確詳盡的註解。」綜括張愛玲晚年的生活重心，一是研究《紅樓夢》，二是翻譯《海上花列傳》。

一九九五年九月八日，張愛玲被發現逝世於加州洛杉磯西木區羅徹斯特大道的公寓，終年七十五歲，她留下遺囑：「儘速火化；骨灰灑於空曠原野；遺物留給宋淇夫婦處理。」九月三十日林式同與幾位文友將其骨灰撒在太平洋。大部分遺物交由皇冠出版社收藏。一九九七年美國南加州大學成立「張愛玲文物特藏中心」，其中便有《海上花列傳》的英譯未定稿。

二、張愛玲的色彩學

張愛玲偏愛紫色的襪子，遺物中一件孔雀藍鑲金線的衣服，據說是她的最愛。許多傳記學者都不會忘記張愛玲曾用人生的第一筆稿費買了一支口紅的故事，彷彿這是人生絢麗的起點。日後她用檸檬黃配士林藍，蔥綠配桃紅……，她在《沉香屑·第一爐香》裡，寫下各式各樣的色彩意象來烘托主人公的生活與心境，諸如：鮮亮的蝦子紅、濃藍的海、仿古的碧色，以及雞油黃……等。張愛玲形容葛薇龍看見姑母梁太太時，心生恐懼，眼中頓時出現寶藍瓷盤裡蒼綠的仙人掌，像一窠青蛇，吐著鮮紅的蛇信子。如此紛繁搶眼的色彩，都曾出現在她的小說裡。張愛玲還說過，穿桃紅的衣服能使其聞出香味等驚人之語，也就說明了文字意象的書寫，實源自深具藝術特質的感官體驗。

各種感官相互交融的體驗，在許多西方文學家的身上，也不乏其例。法國象徵主義詩人韓波（Rimbaud）在他的十四行詩裡，歷數每一個母音和它專屬的顏色；小說家于斯曼（Huysmans）則有「嚐嚐管風琴」的特殊想法。文豪巴爾札克更是直接道出：「聲音、顏色、香味和形狀，擁有相同的根源。」相較之下，德國文學家霍夫曼（E.T.A.Hoffmann）則更重視聽覺、視覺與嗅覺之間的應和關係，他把靛藍色比喻為大提琴，綠色比喻為人聲，黃色比喻為單簧管，鮮紅色比喻為小喇叭……。在《克萊斯勒言集》中，一往情深地比擬：「宗教音樂像萊茵河與法國陳年老酒，歌劇則是非常精緻的勃根地紅酒，喜劇是香檳，抒情詩是醉人的美酒。」或許，感官原只是浪漫心靈的無盡延伸。

此外，張愛玲在小說〈鴻鸞禧〉中，描寫婁囂伯下班回家後靠在沙發上休息，藉由眼前舊的《老爺》雜誌，我們進入他的意識流：「美國人真會做廣告，汽車頂上永遠浮著那樣輕巧的一片窩心的小白雲。『四玫瑰』牌的威士忌，晶瑩的黃酒，晶瑩的玻璃杯擱在棕黃晶亮的桌上，旁邊散置著幾朵紅玫瑰——一杯酒也弄得它那麼典雅堂皇。」然後他伸手拿茶，在沙發邊圓桌玻璃墊底，看到太太繡了一半的玫瑰拖鞋面，燈光閃爍下的平金花朵突然展現出一種清華的氣象，彷彿瞬間將他原不相干的學位與財富打成了一片。隨著鏡頭移動，另一隻鞋面仍在他太太手裡……。

二十世紀初，當小說家注意到以電影蒙太奇的剪輯手法，將富有意涵的畫面重新排列組合，以達到新敘事節奏的同時，長鏡頭的概念也在小說的美學世界裡蔓延。這種從開機到關機未間斷的深焦距紀實寫作，表達了完整的段落與意念。讀者在時空的綿延中，逐漸體會到生活的眞實。當然，現實環境裡令人窒悶的壓力，也在無形中灌注到讀者身上了。

張愛玲小說的結局處理，也是她的作品最令人依戀之處。她在《傾城之戀》最後寫道「香港的陷落成全了她。……成千上萬的人死去，成千上萬的人痛苦著，跟著是驚天動地的大改革……流蘇並不覺得她在歷史上的地位有什麼微妙之點。到處都是傳奇，可不見得有這麼圓滿的收場。胡琴咿咿啞啞拉著，在萬盞燈的夜晚，拉過來又拉過去，說不盡的蒼涼的故事——不問也罷！」

故事的結局使人意猶未盡，面對小說這一文類所可能留給讀者的無窮餘韻，我們有時也可以將故事的結局與文章的結束語氣暫時分成兩個概念來欣賞。故事的結局固然提供讀者整部敘事的終極答案，然而有時也可以故意不提供解答。像英國名作家亨利．詹姆斯的作品就被視爲現代小說開放式結局的先鋒。而珍．奧斯汀的《諾桑覺寺》則有一段後設的旁白：「諸位一看面前的故事只剩這麼幾頁了，就明白我們正在一起向著皆大歡喜的目標邁進。」聰明的作家不必在尾聲中，將自己的敘事陷入有情人終成眷屬後的婚姻細節裡，當然這一切也許早已在讀者的腦海中反覆低迴而且盡在不言中了。

三、篇章選讀——《金鎖記》

中國現代文學史上，自從出現了「曹七巧」，文壇彷彿注入了一股議論不絕的湧泉！她的喜與怒、愛與恨、多情與決絕，讓讀者既欣賞又畏懼，一方面興起了窺視其隱密世界的慾望，同時也對她一生披戴著黃金枷鎖坑殺自己親人的悲劇，感到不寒而慄！

她原是麻油店櫃臺上的一塊活招牌，卻沒有因此選擇門戶相當豬肉舖的朝祿，作爲婚配的對象，在嫁入姜家豪門之後，反而承受了一輩子精神上的折磨與苦難。她的丈夫患有嚴重的骨癆，每一坐起來，那脊梁骨便直溜下去，看上去還沒有個三歲的孩子高！於是她逐漸養成矛盾怪僻的性格，兄嫂來探視她的時候，她直對著哥哥發出怨毒的怒氣：「我只道你這一輩子不打算上門了！你害得我好！你扔崩一走，我可走不了。你也不顧我的死活！」直到兄嫂說不過她又待不下去了，臨別時，曹七巧還是翻箱子取出幾件新款尺頭送與她嫂子，又是一副四兩重的金鐲子，一對披霞蓮蓬簪，一床絲棉被胎，姪女們每人一隻金挖耳，姪兒們或是一隻金錁子，或是一頂貂皮暖帽，另送了她哥哥一隻琺琅金蟬打簧錶……。如此劇烈反覆的性情，在在揭露她內心世界的矛盾情感，而所有的作爲，最終也僅落得嫂子一段令人無奈的褒貶：「我們這位姑奶奶怎麼換了個人？沒出嫁的時候不過要強些，嘴頭子上瑣碎些，就連後來我們去瞧她，雖是比前暴躁些，也還有個分寸，不似如今瘋瘋傻傻，說話有一句沒一句，就沒一點兒得人心的地方。」

曹七巧的性格複雜，除了在婚前婚後已產生很大的變化之外，她以小叔爲畢生追求愛情的對象，卻在財產上遭到了小叔算計，此後她的性情更是一路滑向了不可收拾的偏狹與扭曲。姜季澤無意於嫂嫂，卻有心算計她犧牲一輩子青春換來的錢。七巧當時雖仍是笑吟吟的，然而嘴裡已是發乾，上嘴唇黏在牙仁上，放不下來。她端起蓋碗來吸了一口茶，舐了舐嘴唇，突然把臉一沉，跳起身來，將手裡的扇子向季澤頭上滴溜溜擲過去，痛罵道：「你要我賣了田去買你的房子？你要我賣田？錢一經你的手，還有得說麼？你哄我——你拿那樣的話來哄我——你拿我當傻子！」她還隔著一張桌子探身過去打他！

由愛生恨的曹七巧，在後半生的歲月裡，用盡機關也只能拿所有的力氣來對付和破壞自己親生兒女的幸福婚姻。她的媳婦芝壽熬不過折磨在半夜裡猛然坐起身來，嘩啦揭開了帳子，直覺到這是個瘋狂的世界。「丈夫不像個丈夫，婆婆也不像個婆婆。不是他們瘋了，就是她瘋了。」曹七巧的瘋狂是連帶使得周遭僅存的親人都受到了一生的荼毒與傷害。更可怖的是，她的女兒長安，在求學與婚姻皆無望之餘，竟被母親強迫纏足，而且染上鴉片毒癮！最終還逐漸成爲母親的翻版：「她不時地跟母親慪氣，可是她的言談舉止越來越像她母親了。每逢她單叉著褲子，楂開了兩腿坐著，兩只手按在胯間露出的凳子上，歪著頭，下巴擱在心口上淒淒慘慘瞅住了對面的人說道：『一家有一家的苦處呀，表嫂——一家有一家的苦處！』——誰都說她是活脫的一個七巧。她打了一根辮子，眉眼的緊俏有似當年的七巧，可是她的小小的嘴過於瘪進去，彷彿顯老一點。她再年青些也不過是一棵較嫩的雪裡紅——鹽醃過的。」

張愛玲毫不留情亦不掩飾地描寫這個在偏執狂母親催殘下成長的少女，最終只能落得未開花先凋萎的殘敝人生景象，而讀者滿腔的唏噓與哀憫，最終仍歸結到曹七巧的身上，晚年的曹七巧橫在煙舖上似睡非睡，三十年來她戴著黃金的枷角劈殺了幾個人，沒死的也送了半條命。她知道她兒子女兒恨毒了她，她婆家的人恨她，她娘家的人恨她。「她摸索著腕上的翠玉鐲子，徐徐將那鐲子順著骨瘦如柴的手臂往上推，一直推到腋下。」瘦骨如柴的身體陡然始她念起了豬肉舖裡的朝祿，試想當初如果挑中了他，往後日子久了，生了孩子，男人多少也會對她有點眞心吧。「七巧挪了挪頭底下的荷葉邊小洋枕，湊上臉去揉擦了一下，那一面的一滴眼淚她就懶怠去揩拭，由它掛在腮上，漸漸自己乾了。」這個女人一生的想法與作爲，有我們熟悉的部分，也有使我們側目和不忍卒睹的意外發展，然而最終都在一滴淚裡，讓我們重新回到了哀矜和悲憫的人性關懷，這就是張愛玲文學所帶給我們的沉淪與提升。

第八章

女戰士的本色
——謝冰瑩

人生沒有絕對的幸福，也沒有絕對的痛苦，
幸福與痛苦永遠是連接在一起的。

作家小檔案

謝冰瑩，原名謝鳴崗，字風寶。湖北新化人。著名小說、散文家。一生著作達八十餘種，近四百部作品，累積了兩千萬字。最著名的作品如：《女兵自傳》已被翻譯爲英、法、德、日等十多國文字。曾任教於北平女子師範大學、華北文學院、臺灣省立師範學院（今國立臺灣師範大學）等校。爲中國婦女寫作協會發起人之一。

一、勇於出走

如果我們細數謝冰瑩一生的婚姻歷程，我們將會發現，在她身上所呈現的是中國現代女性主義從抗拒包辦婚姻，倡導自由戀愛、婚姻自主，勇於追求並成就自我理想，最終將新知識女性揉合傳統婦德，進而提升女性意識的完整具體進程。

謝冰瑩自五歲起即許配給一個名叫蕭明的男孩。兩家訂下婚約的那一天，懵懂無知的謝冰瑩還自顧自地撿拾地上的鞭炮玩耍。這幅景象，大約就是中國傳統憑媒妁之言訂下婚約時最諷刺的寫照。不過女孩子一般比同年齡的男孩要早熟，幾乎是在謝冰瑩意識到有蕭明這個人的存在時，她已經心生反感。也就是從那時起，謝冰瑩養成了書寫的習慣。因爲不願意見蕭明，索性拿起筆來認認眞眞地寫字，一個人安安靜靜地讀書，無視於她母親對她的叫喚。

是什麼樣的書，使她千喚不一回？日後她在閻純德的訪談中說到是《水滸傳》。這是一部奇書，曾經使得大才子金聖嘆等人歎爲觀止，又教後世許多作家受其薰陶。謝冰瑩就是通過這部經典名著的內化，完成了自身的成年禮。

愛上了《水滸》。盛夏的黃昏，人們揮扇納涼，她像說書人似的開了場，招引了一群端著飯碗的、拿著煙杆的、捧著茶杯的、背著孩子的男女老幼。她的六祖母是最積極的一個，一吃完飯就催促大家：「你們快點吃飯呀，吃完好聽鳴岡講故事。」她一講起來，就進入角色，忘了形，手舞足蹈。有次講武松打虎，竟然把一個蹲在她身邊，仰著臉聽講的孩子當成老虎，飛出一腳，把孩子踢倒在地，聽講的人都哈哈大笑起來，那孩子疼得直想哭，但見大家笑，她也跟著笑了起來。

然而也是在《水滸傳》的叛逆精神裡，謝冰瑩正式與母親的傳統思想分道揚鑣。

母親對謝冰瑩著魔似地看小說，講故事，非常痛恨，更認爲《水滸》是一部邪書，便把書收藏起來。後來她還是把《水滸》找出來，但再也不當著母親看，總是在大家都入睡之後，才偷偷爬起來看書。不久，看壞了眼睛，母親罵她，她回答道：禁止我看小說是不行的，即使成了瞎子，我也要看。

我們今天若從這個角度理解謝冰瑩的生活態度，便可以清楚地認識到爲什麼她一旦上了戰場，就會有《從軍日記》的系列創作。因爲在閨閣中逃避婚姻枷鎖的那段日子裡，她曾經以文學作爲自己心靈深處的淨土樂園，唯有進入到書本的世界裡，她才得以暫時不受婚約壓力的干擾。然而這段時間卻又是何其短暫，當她不得不面對蕭明和家長包辦的婚姻時，她立刻出走，並且選擇了從軍一途。

謝冰瑩的性格與自我選擇的生活道路，來自童年時期多方面的制約，她總是試圖反抗與突圍，因而造就了她不同於傳統婦女的傳奇人生。謝冰瑩說：

我完全像個男孩，一點也沒有女孩的習氣，我喜歡混在男孩子裡面玩，排著隊伍手拿著棍子操練時，我總要叫口令，指揮別人，於是他們都叫我總司令。我常常夢想著將來長大了帶兵，騎在高大的馬上，我佩著發亮的指揮刀，帶著手槍，很英勇地馳騁於沙場。

我反對裹足，反對穿耳，我那時並不懂得什麼男女平等，只知道同樣是人，為什麼男人可以不穿耳不裹足，而這些苦刑只給我們女人受，男人有資格出外讀書，為什麼女人沒有呢？

……媽媽早上替我裹腳，我可以在晚上的被窩裡解開，到我哭鬧著要上小學時，便把所有的裹腳布一寸寸地撕掉了。那是我與封建社會作戰的第一聲。

女子一旦從軍，各種流言蜚語便在家鄉傳遍，有人說她已經中彈身亡，也有人說她是被俘虜，同時還有人詛咒她：肚破腸流、鼻子乳頭都被割掉……等等。她的母親並不知道女兒是去當兵的，然而這些謠言卻也足以使她嚇破了膽！母親最憂慮的還在於女兒當兵一事，不僅有辱家聲，同時也讓婆家蒙羞。

隨著北伐結束，女性兵團解散，謝冰瑩繼續展開她不願妥協於婚姻的逃亡之旅。她一連三次逃婚，最終還是被抓進了洞房。於是她鍥而不捨地以疲勞轟炸的方式，夜以繼日地連續三晝夜對新郎講述自由婚戀的道理。她之所以有這樣的一股強韌的動力，主要源自北伐期間所產生的革命戀情。當母親攔截到一個叫符號的男人寄來的情書時，隨即祭出了以死相脅的撒手鐧。

謝冰瑩日後回憶道：

我五歲被「指腹爲婚」式地許配給一個叫蕭明的未婚夫，那時他十歲。我參加北伐回來，家裡就逼我結婚。我反對這門親事，因爲我根本不認識他，哪裡談得上感情？媽媽個性強，她一點也不通融，說我若不從她就死；我個性也強，也不通融，認定了的理，誰也改不了。爸爸說，爲了媽媽你犧牲一下吧。我說，你殺了我，我也不從！爸爸說，你先去，然後跑。我帶著無限的委屈依從了爸爸。但我做好了「逃」的各種設想和準備。

婚，只能成假，不能變眞。我對蕭明說，我是奉父母之命來你家的，我們結婚對你一點好處也沒有，只有痛苦；我們可以做朋友，不能做夫妻。我和他談了三天三夜，他困得不得了，熬不過，只好睡覺；我也困得要死，但不敢睡，只能硬挺著不停地在火爐旁寫日記。蕭明人很好，通情達理，終於放了我。

謝冰瑩在得到了大同女校教職的機會之後，立即前往就聘，然後從大同跑到長沙，再寫信給蕭明，聲稱解除婚約，隨後乘船到漢口，再轉往上海，這一連串的逃亡，唯一的目的就是與情人符號結合。他們兩人都擅長詩文，因此在孫伏園所主編的《中央日報》副刊，與茅盾主編的《民國日報》副刊發表詩歌與小說。

二、難忘的青春夢

童年成長歲月中，《水滸傳》義氣塡膺的抗議精神爲她帶來了文學養分，以及女性自主意識的積累。到了武漢時期，謝冰瑩在文學與女性兩方面的發展，漸趨於成熟。她在巨大的幸福與痛苦中，淬煉出自己的作品：一是她的女兒「小號兵」，二是她的正式職業《民國日報》副刊編輯。

很顯然地，賣文爲生的日子與早期閱讀經典以逃避婚姻困擾的行爲模式，一樣地空幻與不切實際。她與符號的居所太過於簡陋！生活難以爲繼，因此她找需要一份正職。同時也是爲了迎接「小號兵」的誕生。謝冰瑩給女兒取這樣的小名，反映了她早期生活與思想的總結。她曾經爲了逃婚，也爲了追求自己所嚮往的生活，因此當過女兵，軍隊生涯對她而言是一場難忘的青春夢，她也許希望在女兒的身上，延續自己青春少女時代的影子。

「小號兵」同時也是謝冰瑩開啓新階段人生的標記，這是她與符號相愛的結晶，爲了紀念這段得來不易的自由戀愛，她以符號的「號」字，爲女兒取名。只不過，這承先啓後的時代標記，這個使謝冰瑩從少女過度到少婦的孩子，最終只留給下了無限的心酸與傷痛。

日後幾度流離，一家三口各分東西，當十多年後，小號兵再度見到母親時，她的態度是冷漠，小號兵回憶道：

一九四二年三月，謝冰瑩由成都過桂林，特地通過柳亞子先生約我去見面。她要求把我帶走。我在柳家對謝的態度很不好，不願去，我自己思想上是有矛盾的，想到跟她去可以接近許多作家，更順利地開始我的「文學生活」。但想到謝已另婚，又生了兩個孩子，我去是不會有什麼優越地位的，顧慮去了以後姓什麼，和謝的丈夫、孩子如何相處，也由於捨不得離開祖母，結果是沒有去。謝走時，托亞子先生照顧我……。

小號兵果然與母親很像，擁有自己的主張，而且一生都做著「文學夢」。她習慣將寫好的作品請柳亞子過目，這位近代著名的詩人將小號兵當成了自己的孫女，一首七言律詩說明了他對謝冰瑩的女兒是多麼的欣賞：「可憐妖小十三齡，雛鳳清於老鳳聲。」符號將這首詩發表在《大千雜誌》上，謝冰瑩看得淚水漣漣。然而苦日子還在後頭，文化大革命期間，小號兵因母親在海外，故而被反右派活活打死！她日復一日所寫下的日記，也不能像母親的《從軍日記》那般幸運，因文化大革命的風暴，一百六十多萬字全然付之一炬。謝冰瑩顫抖的雙手中，僅剩她與小號兵唯一的合照。

從武漢時期開始，符號的五年牢獄生活，謝冰瑩與小號兵的流離失所，謝冰瑩最終只能將孩子留在符家，自己返回湖南，在等不到符號之後，改嫁他人。符號出獄後，獨自苦苦等了八年，小號兵已經亭亭玉立，卻依然沒有等到謝冰瑩的歸來，亦不知謝冰瑩已經改嫁了。

這是一段被現實所殘酷壓迫的歲月，謝冰瑩體會到符號的寡母心境淒涼，早年喪偶，晚年又遇到兒子坐牢，生死未卜，她若是沒有小號兵在身邊，便會全然失去生活的寄託。謝冰瑩同時也體會到女兒與自己骨肉相連，難分難捨的親情。從女兒的身上，她看到自己的倔強和韌性。這一時期，她日夜都在寫稿，爲《鸚鵡洲》等小刊物日以繼夜、嘔心瀝血地寫作，對女性爲人妻、爲人母、爲人子媳的愁苦與艱難，體驗更深！最後回到湖南，再度爲人子女，重新體會母親一生爲子女付出的操煩和辛勞，謝冰瑩也許至此終於刻骨銘心地體會到身爲女性，在人生道路必然的艱辛！

早在謝冰瑩離開軍隊返回湖南的時候，符號的信便屬名爲「鳴妹」追蹤到了謝家。信中與原名鳴岡的冰瑩談論《史記》、《漢書》，以及諸子百家，甚至於佛學禪理……。這些書信在謝冰瑩的父親眼中，成了一段佳話，他總以爲這是一對女才子相互論學的信件。殊不知這是一齣假鳳虛凰、現代版的梁祝喜劇。此處可知，謝冰瑩心目中的愛情與婚姻，必須建立在共同的對話基礎上，她與符號互爲知己，魚雁往來亦是他們兩人都感興趣的話題。即使日後勞燕分飛，在漫長的離別中，回憶起來，仍是甜蜜。

與符號的仳離，對謝冰瑩而言是人生最艱難的決定之一。她日後回憶道：「往事如煙，我與符號溫馨的一切，都已過去，我們當時相親相愛，是歷史和命運將我們分開。」當他決定將這一段戀情劃下休止符的時候，謝冰瑩將當初那些歡喜冤家談文論學的秘密書信著作，以一把火焚燒殆盡了。事後，她寫過一篇〈焚稿記〉訴說萬境歸空的淒涼心境。而符號在晚年得知謝冰瑩已經焚稿，內心亦是不堪悽苦，曾寫下兩首七言絕句表達滿腔如泣如訴的深情：「苦心孤詣稱鳴妹，訴罷離情訴愛情。色即是空空即色，佛門聽取斷腸聲。」、「知君焚稿了前緣，中夜椎心懺舊愆。勞燕分飛天海闊，沈園柳老不吹棉。」

謝冰瑩的〈焚稿記〉與符號的七絕，儘管時空相隔卻共同傾訴了不教人見白頭的憾恨。這一回毅然決然地斬斷情絲，謝冰瑩將深情永遠埋在心底，儘管表面上他們都屈從於時代環境的壓迫，然而愛情已成爲人生最大的試煉場，唯有通過它才能無怨無悔地邁向人生的下一個階段。

三、以血盟誓

到了抗戰時期，謝冰瑩遇到了人生的第三段婚戀對象——賈伊箴。他是福建人，畢業於北平燕京大學，雖然患有深度的近視，卻以極清明的眼光，透視了謝冰瑩真誠的本心。儘管他們的婚禮十分寒酸，社會上仍有些人對謝冰瑩的再婚提出批評。謝冰瑩問賈伊箴：「人家罵我，知道不知道？」賈伊箴隨即回答：「隨人罵去，妳根本不是那種人。」

這一時期，謝冰瑩在出走後終於又回到湖南，於感情面向上，她也任由賈伊箴帶著她回到了初戀般的甜蜜時光。因此她戲稱賈伊箴是「維特」，那少年時期深深迷戀夏綠蒂的純真男孩，便是賈伊箴給謝冰瑩的印象。從他們的房東嚴怪愚口中得知，賈伊箴是個美男子，卻對謝冰瑩專一而深情。他們在婚後不久即離開湖南長沙，前往西安，謝冰瑩主辦《黃河》月刊，賈伊箴開始在大學任教，然後漸漸擁有一點餘裕，便請來女作家李芳蘭證婚，補辦了一場正式而且熱鬧的婚禮。

雖然是補辦的婚禮，謝冰瑩與賈伊箴仍然十分慎重地咬破自己的手指，以血寫下姓名和生日，立誓要白首終身。在砲火連天的時期，謝冰瑩隨婦女戰地服務團往前線採訪，撰寫戰地通訊。賈伊箴始終緊緊相隨。於槍林彈雨之間，謝冰瑩受流彈碎片波及，手背受了傷，賈伊箴撕破自己潔白的襯衫充當綳帶，讓謝冰瑩得以繼續她手邊的寫稿工作。

一九四八年，謝冰瑩應臺灣梁舒教授之邀，從北平到臺灣任國立師範學院中文系教師，在此之前，她已與賈伊箴從武漢到重慶，由重慶到西安，從西安奔成都，再從成都到了北平，當他們來到臺灣之後，《臺灣婦女》週刊的主編呂潤璧便希望借重謝冰瑩從五四興女學新觀念一路走來，對於婦運的支持，特別在同年十二月初的版面上向她邀稿。當時的臺灣青年對於謝冰瑩充滿了好奇！很希望能夠透過她的現身說法，更清晰地了解她是如何從傳統家庭、包辦婚姻中走出自己的幸福道路，此間她劍及履及的堅毅性格又發揮了怎樣推波助瀾的作用？尤其是八年抗戰堅苦卓絕的過程裡，是什麼樣的力量支持她保持鎮定，持續地完成了每一項工作？

當時臺北書店裡經常可見許多熱情的讀者因爲花費不起購買《女兵自傳》的金額，臺幣六千八百元，因此站在書店裡將書讀完。於是《中央日報·婦女與家庭》週刊主編武月卿也向謝冰瑩邀稿，希望她暢談性別意識與女性解放等議題，謝冰瑩從此爲《婦週》長期撰稿。透過書面座談的形式，她以婦女先進的姿態踏入臺灣文壇，引導女性在處理自身的家務與工作上，邁出穩妥的步伐。

因爲讀者多方來信，於是謝冰瑩在《婦週》的專欄改成通訊體的方式進行，果然大部份讀者最感興趣的兩大問題正是：文學閱讀與寫作、新時代女性的婚姻與愛情。謝冰瑩經常在一個月內收到一兩百封讀者來信，她樂於以書信往返的形式，透過專欄發揮力量，將女性解放、經濟獨立等觀念帶向社會每一個角落。當時左翼作家陸白烈還是一位文藝少女，他的父親來臺後被人告發便鋃鐺入獄，陸白烈只得在西門町賣豆腐同時寫作維生，謝冰瑩為她寫了一篇〈忍耐是成功之母〉，以鼓勵陸白烈憑藉著自己的文學天份，再豐富一些生活體驗，用功持續地寫作，將來必定能在寫作上展現自己的一片天。這一番勸勉，在白色恐怖烏雲密布的時空背景下，對許多女性讀者而言，無疑是為她們內心深處奠立了個人不可被抹殺的價值與尊嚴。

四、關注女性的意志與命運

在臺灣時期的謝冰瑩因為直接面對讀者群的意見，尤其是婦女切身的遭遇與問題，促使她在女性與婚姻兩大議題上，產生了思想的變化。首先是戰後臺灣物價飛漲，幣值波動幅度太大！一般家庭經常難以維持開銷，從而連動影響到婚姻的穩定，謝冰瑩很清楚在戰爭底下，婦女所蒙受的痛苦有時遠比男性更大。尤其是職業婦女，深受工作與家庭兩重壓迫，導致她們愈是想拚命做好，愈覺得心有餘而力不足。

戰後婦女生活的艱困，使得謝冰瑩的觀念逐漸地產生變化，她認為應該以公眾的力量來改善戰後女性受經濟壓迫的艱困處境。例如她提出建設公共托兒所、公共食堂、公共宿舍，以及公共洗漿房等，這些帶有左翼色彩的社會理想，是在實際面對許多婦女問題時，所逐漸興起的概念。

此外，她也面對了臺灣曾爲日本殖民的事實，對於日本婦德的風氣基本給予肯定和支持。這一點與她早年大談戀愛自由、婚姻自主的觀念又有些許變化。她鼓勵女學生以中學學歷爲嫁妝，藉以取得理想的婚姻對象。有些讀者想吸取謝冰瑩年輕時爲了求學和戀愛的抗爭經驗，謝冰瑩便勸導年輕的女性讀者：「不要戀愛，只要學業」，即使暫時不能升學，也不要忘了持續進修，以完成自我的教育。

謝冰瑩希望女中學生們抑制感情，將興趣轉移到讀書與運動：「其實我是一個絕對擁護自由戀愛的；可是那些沒有達到大學年齡的女孩子，她的感情還沒有成熟，對於社會認識不清，意志薄弱，很容易受異性甜言蜜語的誘惑而葬送了她寶貴的前途：因此我還是那句老話：我是不贊成中學生戀愛的！」可知此一時期，謝冰瑩已透過自我生命歷程的回顧與省思，正逐漸濾淨戀愛的浪漫性，和正視美滿婚姻的必備條件。「冷靜的頭腦，堅強的意志；你不要做愛情的俘虜，你要戰勝愛情！」謝冰瑩愈是得到衆人毫不保留地傾吐秘密，愈是冷靜客觀地重新檢視戀愛的眞諦，希望不僅爲讀者解決困擾，同時激勵青年男女走上有責任感和務實的人生道路。「既然結了婚，就無法避免生孩子；既然生了孩子，就應該盡你做母親的責任，爲孩子好好地活下去，那怕再苦，再困難，也要掙扎著活下去！你如果問我這是爲什麼？理由很簡單：我們活著，不是爲了個人，而是爲了社會！」

今天我們從《綠窗寄語》一系列文章，亦可以看出謝冰瑩這段時期省思女性身為母親所應負擔的責任，同時她開始懷念她的母親和家鄉與母親相近的一切人事物。她在一九三七年寫下〈偉大的母親〉一文，承認自己和母親其實很相像：「細細地一想，眞的，我的性格太像母親了。她有鋼鐵一般的意志，凡是她決心要做的事情，一定要使它實現；即使經過無數的阻礙困難，或者遭我父親的反對，她也要做下去；如果萬一這件事失敗了，她也絕不懊喪，絕不悔恨。」

謝冰瑩孩提時代專喜愛閱讀《水滸傳》一類的文學作品，當時她母親強烈地反對，而謝冰瑩即使躲起來偷看，也不願放棄自己的興趣。爾後回想起來，這其實也是受到母親的影響：「母親生來就有英雄一般的性格，喜好打抱不平。……她雖然生長在封建時代，但並不承認女子是弱者，一定要依賴男人才能生存。」「母親自從十六歲來到我家後，每天早晨從雞啼頭遍就起床，一直勞作到三更過了才入睡。整整地四十九年了。她天天過著這樣的日子，從來沒有覺得自己的生活是艱苦的，勞碌的。她認為人生在世，不做事，是不應該吃飯的。」、「鄉下的工作，她除了因為三寸金蓮的限制，沒有下過田插秧外，其餘如：鋤土、採茶、拔豬草、挑水、舂米……甚麼苦工她都做過。」、「她是那樣地節儉，那樣地刻苦自己，連一個鹽蛋也捨不得吃，十年前的破鞋子，還是在補著穿；然而，對待別人，她卻特別寬大，貧苦的人家，借了錢米不要他還。」

隔著海峽，遙遙思念，謝冰瑩承認她以前對於母親的觀察是錯了，她以為母親思想陳舊保守，個性固執，然而隨著自己年歲的成長，人生經驗的逐漸豐富，她終於看見了母親的偉大與慈愛。謝冰瑩在渡海來臺時期，從懷念母親到肯定臺灣婦女的堅強、韌性、勤勞、節儉與寬厚，於是她更加肯定傳統社會典型婦女的價值與意義。

尤有甚者，她開始緬懷湖南地區刺繡女紅等技藝，「自從我的牆壁上，掛著兩塊特別雅緻的湘繡以後，覺得這間四蓆半的小房間裡，充滿了光輝和安慰。那是先母手繡的紀念品，一針一線都深藏著她的青春和熱情。」記得小時候，當母親教導快要出嫁的姊姊刺繡時，謝冰瑩還曾為姊姊抱不平，認為姊姊被關在閨房裡做這樣的事，是一種迫害。而今看著母親的遺物，她逐漸體會傳統女性不屈不撓的務實精神，即使是現代社會裡的知識女性也應當鍛鍊這樣的心智，因為那也將是新女性生活中不可或缺的利器。

謝冰瑩在臺灣生活了六年之後，有一天開始懷念起在大陸的女傭——孟媽。這是一名小腳的鄉下婦女，為人忠實可靠，處事俐落，「她做事有條有理，從從容容，一點也不顯得忙亂。我早已把整個的家交給她，由她去處理。」、「我知道孟媽是個『人才』，而不是『奴才』，如果我們以奴才的眼光去看她，那是侮辱了。」謝冰瑩對傳統女性的回眸，同時也是一種用心體會和觀察，她漸漸地發現生命中許多從她身旁擦肩而過的婦女，其實都是用自己的勞力在養活家庭，同時也在無形中捍衛了自己的人格。

謝冰瑩一生關注女性的意志與命運，當她來到臺灣以後，對於下層婦女的辛勞與刻苦，感觸最深，像是她在基隆遇到賣糖的攤販，與家裡雇用的阿婆，「辛勞的她們從黎明工作到黑夜，沒有一刻休息的工夫，整天爲家庭，爲兒女忙個不停，還要幫助丈夫照顧生意。我喜歡她們，因爲即使在大雨裡，她們也都赤著腳，淋著雨，毫不在乎地工作著，她們那種忍苦耐勞的精神，使我非常欽佩。」他看到女性獨立謀生的堅毅精神，尤其使她感佩。那幫傭的阿婆還是一個寡婦，獨自撫養兒子與養女成長，年紀更大以後，又抱來一個養孫女，繼續撫養小孩，她從日據時代就幫人做工，一直不得休息，這樣的命運與慈愛的意志，也重新使得謝冰瑩回想起在大陸的孟媽和宋嫂等人，從而對傳統婦德有了更深刻的體悟。

五、女戰士的本色

一九六二年，原籍山東鉅野的女作家郭良蕙出版了她的第十三部小說作品《心鎖》，故事描述一對愛侶夏丹琪與范林，因爲丹琪的母親堅持女兒婚前必須守身如玉，再加上范林希望娶醫生的女兒過著富裕而有前途的生活，范林於是與丹琪分手。可是丹琪爲了報復范林，卻選擇嫁給醫生的長子，婚後范林成了丹琪的妹婿，兩人感情藕斷絲連，在一次偷情幽會結束後，范林出了車禍，意外身亡。郭良蕙藉由夏丹琪對婚姻的不忠，探討人性的衝突，以及女性在情慾與道德之間擺盪的掙扎。

這部作品在一九六三年一月被認爲充滿性愛描寫與亂倫場景，故而由內政部下令查禁。同年四月，謝冰瑩在中國文藝協會理事會議上提案：「認爲郭良蕙長得漂亮，服裝款式新穎，注重化妝，長髮垂到腰部，既跳舞又演電影，在社交圈內活躍，引起流言蜚語。當時社會淳樸，她以這樣一個形象，寫出這樣一本小說，社會觀感很壞，人人戴上有色眼鏡看男女作家，嚴重妨害文協的聲譽，應該把她排除到會外。」而同屬文藝協會提案人的張道藩與陳紀瀅則認爲無需開除郭良蕙，但是他們並未出席會議。此後，郭良蕙遂與謝冰瑩展開公開信的論戰。謝冰瑩以社會風氣爲前提，在《自由青年》第三三七期發表〈給郭良蕙女士的一封公開信〉。她指責《心鎖》是黃色小說，攻訐郭良蕙搔首弄姿，而且因此發了財。

如今就藝術的角度而言，郭良蕙的作品在人物的心理刻畫、場景的變化調度，以及語言充滿張力與機鋒等多重面向上，都値得肯定。然而謝冰瑩以社會爲己任，維護人性的純眞與正義，力圖穩固善良風俗的戰士性格也始終是她最鮮明的標誌。她的思想從五四運動的自由主義思潮啓蒙，而五四運動正是從文學入手的，從胡適等人的倡議中，社會上逐漸茁壯的新青年們務去陳腔濫調、不做無病呻吟，拿出一片眞摯的情感寫出個人親歷親聞的事物。謝冰瑩也是在這樣的時代潮流洗禮下，「有什麼話，說什麼話……要說我自己的話，別說別人的話。」於是對於新、舊社會的婚戀觀均提出了嚴厲的評斷。

第九章

典律的意義
——琦君

人世間，什麼是愛，什麼是恨呢？
這個世界，究竟有什麼是永久的，
又有什麼是值得認真的呢？

作家小檔案

琦君，本名潘希珍，學名希眞，小名春英。浙江永嘉人。著名散文家，亦撰寫小說、評論、翻譯、兒童文學等。作品已翻譯爲英、日、韓等多國語言。曾獲中國文藝協會散文獎章、中山學術基金會文藝創作散文獎、新聞局優良著作金鼎獎，以及國家文藝獎。其作品多次入選爲高中及國中教材，著名小說《橘子紅了》亦曾改編爲電視劇。

一、語言與性情雙美

琦君的作品風格以傳統溫柔敦厚的意蘊著稱，當她的多篇散文被選入臺灣中小學國語文教材時，其文章中的女性化特質與母愛的意義，也爲一代又一代的莘莘學子所吸收。羅家倫在〈琦君的《菁姐》〉一文中，針對其溫柔敦厚的傳統底蘊，作出如下的評註：「她寫人物頗富於溫柔敦厚的人情味。一看就知道作者具有很好的中國文學，尤其是詩詞的修養。」而糜文開在〈讀《琴心》〉中，也指出：「怨而不怒，哀而不傷，溫柔敦厚之至。這是得力於她就文學造詣之深。」其後，楊牧等人的觀點亦承此說。足見琦君文章中最顯見的便是古典文學氣息與傳統儒家克己的精神底蘊，她的文章在典律化爲教科書選文之後，可成爲學生耳濡目染的文化素材。亦即琦君的散文之所以一再地入選爲國文課文，除了文學修辭值得學生模擬借鏡之外，更重要的是讓學生們體會其溫婉含蓄的人格修養。

蓋因臺灣國語文教學在過往的教育體系與理念中，同時乘載了人格薰陶與文化教養中的基礎涵養。其教育目的承自宋代儒學家張載所云：「置心平易，然後可以言詩。」作家性格自然平易，其所以至誠感發而爲文，無形中也感染了讀者，使其轉化自身的性情，達到個體間相互感通的教育理想。循此，琦君文章被收錄爲國語文教科書，其理由即在於語言與性情雙美，能夠培養學生自然含蓄的文風，與至誠的人格情性。此教學課題背後的學理依據，既來自《詩經》的「識美刺之意」，同時延續了《禮記》「廣教化，美風俗」文化教育理念。

臺灣現行中、小學國文教材選錄琦君作品篇章、教材出版社與學生年級概況如下：

㈠以人格陶冶爲教育旨趣而普遍選文〈髻〉：南一書局高中一年級上學期、三民書局高中二年級、南一書局國中一年級、康熹書局高中一年級。

㈡以作者文風具有溫柔敦厚之旨：南一書局高中一年級選文〈嬤嬤的手〉、翰林書局國中二年級選文〈一粒珍珠〉、翰林書局國中二年級選文〈下雨天眞好〉、龍騰書局高中一年級選文〈一對金手鐲〉、南一書局國小五年級選文〈孔雀錯了〉、〈遙遠的友情〉、康軒書局國小六年級選文〈桂花雨〉。

我們從上述歸納選文中，可以發現，國語文教材選用琦君文章，其賞析的著重點，在於憶舊懷鄉的個人感情中，承載著《詩經》以降，溫良誠厚的詩教觀。例如：〈遙遠的友情〉一文，它是在諸選文中唯一非以懷想爲主題者。然而這篇文章卻仍呈現出「親親而仁民，仁民而愛物」的儒家思想。內容寫琦君在訪美途中結識了外國友人，卻在數年後始恢復雙方書信往還，甚至還有禮物餽贈。而彼此之間因文化環境的差異，生活方式迥異，因此逐漸發展出互相體諒與眞誠相待的情誼。終使得這份遠距離的友情，得以跨越時空而令遠在天涯的兩位友人得到心靈上的相互感通。

此外，教材中所選之文，幾乎都是作者藉物起興、以物寓情之作，有回憶童年美好時光的小故事，也有思念故鄉及母親的眞摯感受。是故琦君作品典律化的過程，同時亦展現出臺灣國語文教學以彰顯其人其文，使學習者獲得人格與修辭雙重涵養的教育宗旨。

二、以親身的感悟給予讀者啓發

中央大學琦君研究中心李瑞騰教授曾經指出：「琦君的文章不管長長短短，基本結構都非常完整。何時下筆，何時收筆，在下筆與收筆之間的承轉地帶，基本上都是非常流暢的，可以當作範本來閱讀，並以之學習寫作。而且她的素材多半來自生活，沒有太抽象與超現實的部分，因此我們很容易就感受到她所說的內容，這也是可以學習的地方，因此對年輕朋友來說是很珍貴的。文學有其不變之處，那就是處理作家耳聞目見，包括社會現實和自然景觀，作家自己如何去感悟，對讀者而言，這些感悟本身就是很好的啓發，端視讀者能不能從中找到自己所需要的東西。」

琦君曾於一九八〇年自美返國，任教於中央大學中文系，期間並從事新文藝的教學，至一九八三年，再隨夫留居美國爲止。其後在二〇〇四年，偕夫返臺定居，同年十二月，於中央大學舉辦了「琦君作品研討會暨相關資料展」。此次校園活動重新連結琦君與中大的情誼，同時帶動了中大新文藝創作與研讀的風潮。此後有鑑於琦君累積深厚的文字創作及相關文章，已是臺灣重要的文學資產，並具有相當的研究價值，中大中文系教授李瑞騰乃於二〇〇五年成立「琦君研究中心」，旨在整理並研究琦君的文學表現、推動琦君同輩作家之探討、鼓勵現代文學之閱讀與寫作等。並結合中大中文系現代文學教研室，提升中文表達及人文素養，深化其影響。琦君研究中心的教學與研究項目包括：蒐集並整理琦君著作及相關資料、架設琦君文學網站、成立琦君讀書會、舉辦與琦君有關的研討會、編印與琦君有關的圖書、其他有關鼓勵文學閱讀及寫作的活動之舉辦，以及以琦君研究爲基礎，全目進行與琦君同輩女作家之研究，將本中心發展成文學閱讀及寫作的重要場域。

中央大學「琦君研究中心」自二〇〇五年成立以來，總計有二十六篇論文以研討會並會後論文集出版的形式發表。其研究主題可分爲：琦君筆下人物形象、懷鄉及懷舊書寫，以及她在文學史上的定位等，同時針對中小學教材教法進行討論與評析。至於大學國文課程中琦君選文之教學現況，茲於下文闡發。

三、浙江永嘉的人文與自然風情

鄭明娳教授曾說：「在琦君的散文集中，寫得最出色的是懷舊散文……懷舊文都是回憶作者早年的生活，不論寫人、寫物、寫事，都把讀者牽引到文中的時代，與她共享快樂的回憶。」近年來，筆者在琦君散文的教學情境中，融入其家鄉的實地踏查，使學生在研讀文章之餘，更有身歷其境的體會，並將此教學經驗在中央大學琦君研究中心舉辦「經典文本與國語文教學——第二屆琦君及其同輩女作家研討會」之圓桌會議／綜合討論場次中發表。

琦君的故鄉在浙江永嘉，其風土人情之美最早可以追溯至一千五百年前南朝宋時期，中國山水詩的開創詩人謝靈運於永嘉太守任內，所寫下的中國第一批眞正有意義的山水詩。浙江永嘉一帶三面環山，有清溪、綠竹、湖泊、岩洞，湖光山色構成的山水田園景象，爲蕭梁以降的詩人提供了心靈的滋養與創作的靈泉。齊梁之間的大詩人丘遲更有：「暮春三月，江南草長，雜花生樹，群鶯亂飛」等句，千古流芳。

琦君筆下的鄉愁情韻便是以她的出生地浙江永嘉（今溫州市甌海區瞿溪鎮）爲源頭，順此一路寫出了杭州與之江校園的美景，並將思念之情寄託於山水之間。她在《錢塘江畔》一書中描寫家鄉的田園景物時，說道：「出走後門，看見水田裡的秧苗，細細軟軟地像綠色的毛絨，隨著風兒微微抖動，太陽曬著潮濕的田岸，發出一陣陣泥土和野草的青春氣息。」群山蒼翠、河水沁涼，水田邊泥土地的芬芳，如果可以親身體驗，對於這一系列文章的體悟將更爲深刻。筆者將親身走訪瞿溪鎮的采風影像紀錄，作爲課堂上的輔助教材，試圖以實景圖像喚起學生們對琦君散文的觸動與感懷。

琦君在散文〈母親的書〉一文中，起始說道：「母親在忙完一天的煮飯，洗衣，餵豬、雞、鴨之後，就會喊著我說：『小春呀，去把媽的書拿來。』」小春就是琦君的小名，她順口問道：「哪本書啊？」這一句問話，暗示了讀者：母親有許多書。因此這一句問話除了承接母親辛苦工作之餘，將一天中剩餘的時光賦予閱讀，同時還爲文末提及母親日常生活中習慣閱讀各式各樣的書本，預留了伏筆。

然而當母親回答道：「那本橡皮紙的。」這時學生們也許無從想像何爲「橡皮紙」的書本？其實距離瞿溪鎮不遠，同爲甌海區的西雁蕩山溫州寨下名爲澤雅的山區一帶，便是出產紙張的古鎮。當地有建於元朝至正年間的寂照寺，以及明朝修建的漫水橋（永寧橋），還有明、清時期保存至今的古建築民宅，富有豐厚的文化底蘊。而自宋代延續至今「中國造紙術的活化石」——四連碓造紙作坊，及其至今所產出的竹紙，便可以作爲琦君筆下「古老的橡皮紙」書作註解。

「母親爲甚麼叫這本書爲橡皮紙書呢？是因爲書頁的紙張又厚又硬，像樹皮的顏色，也不知是甚麼材料做的，非常的堅韌，再怎麼翻也不會撕破，又可以防潮濕。母親就給它一個新式的名稱——橡皮紙。其實是一種非常古老的紙，是太外婆親手裁訂起來給外婆，外婆再傳給母親的。」這本橡皮紙書的古老，不僅是太外婆傳下來的，事實上琦君故里附近一帶保留著中國最古老的做紙工藝，其歷史可以遠紹自元末，澤雅先民因避戰亂，從福建南屏一帶逃遷至此，而此地依山傍水，茂林修竹，於是爲遷居的住民帶來了造紙業的生機。此處歷經明、清乃至民國初期的發展，曾經擁有十萬紙農，使得造紙工藝成爲當地最主要的文化產業。而數百年以來，澤雅因地處偏僻，因此得以完整地保存了傳統的造紙手藝，以及造紙的水碓、紙槽等工業遺產。附近十幾個古村落沿著西雁蕩山的山谷，借助地勢和水源，興建成連綿的水碓房、撈紙房和淹竹槽，與當地的古民宅融合爲一體，形成獨特的家庭手工古作坊群落，成就了與原始野韻相容無間的獨特人文景觀。

這些至今仍看得到的自然風光與觸摸得到的古紙，寄託著琦君對母親的懷念。〈母親的書〉一文中指出：只要母親一歇下手邊的家事和農務，喚聲「讀書」，幼年時期的琦君便知道：「媽媽今兒晚上心裡高興，要在書房裡陪伴我，就著一盞菜油燈光，給爸爸繡拖鞋面了。」因爲這一本橡皮紙書其實是一本「無字天書」，書頁裡不僅沒有字，而且還夾著一些紅紅綠綠彩色繽紛的繡花絲線，其中有一頁夾著外婆給母親繡的一雙「水綠」緞子鞋面。琦君以「水綠」形容綢緞面料的色澤，也是因爲她自幼在山間河邊親眼看見山青水綠，再加上緞面光滑柔細如水質波紋，因此特以「水」綠形象化了這鞋面的底色。

然而這雙夾了將近十年的鞋面背後所述說的故事卻是：外婆早過世了，水綠緞子上繡的櫻桃仍舊鮮紅得可以摘來吃似的。作者以鞋面上永恆鮮豔的櫻桃來對照人世間的生命無常，是我們在此可以讀出的弦外之音。還有那一對小小的喜鵲，一隻張著嘴，一隻合著嘴。琦君說：「母親告訴過我，那隻張著嘴的是公的，合著嘴的是母的。喜鵲也跟人一樣，男女性格有別。」琦君特別觀察母親每回翻開書頁時，總先翻到夾得最厚的這一頁。對著一雙喜鵲端詳老半天，嘴角似笑非笑，眼神定定的，像在專心欣賞，又像在想什麼心事。

這一雙喜鵲暗指雙雙對對的男女婚配，而琦君筆下的母親與父親（實際上是她的伯母與伯父）總是聚少離多。文中的母親是傳統農業社會裡典型的善良婦女，她勤儉辛勞、寬厚仁慈，一生飽受憂患，卻總是得不到丈夫的關愛，她每每在繡花之前，先仔細端詳這鞋面上的一對喜鵲，時則已經含蓄地透露出其內心的情感與渴望。而年幼不解事的孩童，卻僅想像著：原來喜鵲也跟人一樣，男女性格有別啊！由此對照出成人世界的辛酸與無奈。

母親每回繡花之前的固定「儀式」，在眼神定定、專心欣賞之間，琦君所欲表達的是母親哀婉的情思。而當母親再翻到另一頁，用心地選出絲線，繡起花來。「好像這雙鞋面上的喜鵲櫻桃，是母親永久的樣本，她心裡甚麼圖案和顏色，都彷彿從這上面變化出來的。」母親繡花的樣本與心中婉轉溫柔的情思都源於那一雙象徵男女婚姻的喜鵲與紅櫻桃，而此橡皮紙書中眞正令母親魂牽夢縈的卻是喜鵲與紅櫻桃之下，那書頁雙層對摺的夾層裡，父親由北平寄來的信，這樣就順勢顯露了那一對喜鵲與紅櫻桃背後眞正的含蘊，原來母親眞正想讀的是一封封父親寄來的「家書」。

這才是「無字天書」中眞正的「書」了。（琦君，一九九二年。）

文章至此含蓄地透露出母親內在的情感，琦君告訴我們：母親當著孩子的面，從不抽出家書來重讀，直到花兒繡累了，菜油燈花也微弱了，孩子背書背得伏在書桌上睡著了，「她就會悄悄地抽出信來，和父親隔著千山萬水，低訴知心話。」

除作家故鄉的實地考察，可作爲教學內涵的擴充之外，筆者亦在琦君作品的課程講述中，陸續開啓兩項未來値得繼續在教學與研究領域上發展的新面向，分別爲：琦君筆下的民俗信仰風情，以及琦君散文中的飲食美學。此兩項課題，茲分述如下。

四、琦君筆下的民俗信仰風情

琦君將母親所讀之書由橡皮紙所夾藏的情感之書，在後文中陡然將讀者帶入一幅令人觸目驚心的地獄圖卷世界裡，使讀者腦海中母親慈藹的面容瞬間轉化成爲十殿閻羅令人驚懼的景象，我們可於其間側面理解以琦君母親爲代表的婦女階層，在生活背後所隱藏的信仰與精神面貌。

還有一本母親喜愛的書，也就是我記憶中非常深刻的，那就是怵目驚心的「十殿閻王」。粗糙的黃標紙上，印著簡單的圖畫。是陰間十座閻王殿裡，面目猙獰的閻王、牛頭馬面，以及形形色色的鬼魂。依著他們在世爲人的善惡，接受不同的獎賞與懲罰。懲罰的方式最恐怖，有上尖刀山、落油鍋、被猛獸追撲等等。然後從一個圓圓的輪迴中轉出來，有升爲大官大富翁的，有變爲乞丐的，也有降爲豬狗、雞鴨、蚊蠅的。（琦君，一九九二年。）

琦君指出母親對這些圖畫百看不厭，她指著圖像說道：「陰間與陽間的隔離，就只在一口氣。活著還有這口氣，就要做好人，行好事。」這裡顯現出母親的處世之道，以及傳統社會受宗教信仰約束而形成的普遍習俗與道德觀。母親愛說的一句話是：「不要扯謊，小心拔舌耕犁啊。」「拔舌耕犁」也是這本書地獄圖裡的一幅圖畫，畫著一個披頭散髮女鬼，舌頭被拉出來，刺一個窟窿，套著犁頭由牛拉著耕田。這是對說謊者最重的懲罰。母親以及當時村落中的無數婦女時常引以爲警惕。雖然外公說十殿閻王是人心裡想出來的，所以天堂與地獄都只存在於人的心中。但外公仍然相信因果報應，因爲「佛經上說的明明白白的囉！」琦君藉由母親與外公的思想，描繪出千百年來，山村居民的俗世風情。

在此人情基調上，琦君話鋒又是一轉，從粗糙的黃標紙地獄圖轉到了母親生活中離不了手的另一本書——黃曆。中國最晚在秦代已有曆書的存在，它是一般民衆的生活手冊。大約自宋代起，曆書中已出現了「沖煞忌宜」等術數的規約。元代泰定五年（一三二八年），官方印製的黃曆便高達三百多萬本！可見黃曆在民間流布之廣遠。

曆書由欽天監制訂，清代朝廷除了頒布官修《欽定協紀辨方書》，另又發行「通書」，亦即黃曆，它可以說是中國民間最暢銷的書籍，至今仍有不少現代人對黃曆有所依賴。黃曆流行的現象源於國人面對生活中太多不確定的因素，而此對擇吉思想的產生信賴。這一點也充分反映在琦君的母親身上，她在床頭小几抽屜裡，和廚房碗櫥抽屜裡，都各放一本黃曆，以便隨時取出來翻查，看今天是甚麼樣的日子。「日子的好壞，對母親來說是太重要了。她萬事細心，甚麼事都要圖個吉利。買豬仔、修理牛欄豬栓、插秧、割稻都要揀好日子。臘月裡做酒、蒸糕更不用說了。」

但是生活中仍有一些事情是不能擇日的，像是母雞孵出一窩小雞來，便由不得她揀在哪一天，但她還是要看一下黃曆。「如果逢上大吉大利的好日子，她就好高興，想著這一窩雞就會一帆風順地長大，如果不巧是個不太好的日子，她就會叫我格外當心走路，別踩到小雞，在天井裡要提防老鷹攫去。」

琦君接著講述了一個血淋淋的教訓：

> 有一次，一隻大老鷹飛撲下來，母親放下鍋鏟，奔出來趕老鷹，還是被啣走了一隻小雞。母親跑的太急，一不小心，腳踩著一隻小雞，把牠的小翅膀踩斷了。小雞叫得好悽慘，母雞在我們身邊團團轉，咯咯咯的悲鳴。母親身子一歪，還差點摔了一跤。我扶她坐在長凳上，她手掌心裡捧著受傷的小雞，又後悔不該踩到牠，又心痛被老鷹啣走的小雞，眼淚一直的流，我也要哭了。因爲小雞身上都是血，那情形實在悲慘。（琦君，一九九二年。）

通過小雞的慘死和母親的淚水，作者將讀者的情緒引向了驚懼與哀痛的高峰！接下來故事該如何收筆？考驗著作家的文章布局。琦君將上一段地獄輪迴的說法牽連至此以做爲收攝，達到文章段落之間脈絡的貫聯。

外公趕忙倒點麻油，抹在牠的傷口，可憐的小雞，叫聲越來越微弱，終於停止了。母親邊抹眼淚邊唸往生咒，外公說：「這樣也好，六道輪迴，這隻小雞已經又轉過一道，孽也早一點償清，可以早點轉世爲人了。」我又想起「十殿閻王」裡那張圖畫，小小心靈裡，忽然感覺到人生一切不能自主的悲哀。（琦君，一九九二年。）

文章繼續談著黃曆，書裡記載一年二十四個節日，母親是背得滾瓜爛熟的。她每回翻開黃曆，要查眼前這個節日在哪一天時，總是從頭唸起，一直唸到當月的那個節日爲止。這時，幼年的琦君也跟著背：「正月立春、雨水，二月驚蟄、春分，三月清明、穀雨……。」

至此，琦君又做了一個轉折，一年二十四個節氣，她只念到八月的白露與秋分，因爲此段將要呼應第一個段落，即母親對父親的思念之情。琦君說，每次念到秋季的節氣時，「不知爲甚麼，心裡總有一絲淒淒涼涼的感覺。小小年紀，就興起『一年容易又秋風』的慨嘆。也許是因爲八月裡有個中秋節，詩裡面形容中秋節月亮的句子那麼多。中秋節是應當全家團圓的，而一年盼一年，父親與大哥總是在北平遲遲不歸。」文章至此，不僅回頭聯繫了第一段的情感，同時還進一步對母親在等待的歲月中逐漸年華老去，感到心疼！她說：

老師教過我《詩經》的〈蒹葭〉篇：「蒹葭蒼蒼，白露為霜，所謂伊人，在水一方。溯迴從之，道阻且長，溯游從之，宛在水中央。」我當時覺得「宛在水中央」不大懂，而且有點滑稽。最喜歡的是頭兩句。「白露為霜」使我聯想起「鬢邊霜」，老師教過我那是比喻白髮。我時常抬頭看一下母親的額角，是否已有「鬢邊霜」了。（琦君，一九九二年。）

文章結束時，琦君告訴我們，母親除了無字的橡皮紙書、十殿閻羅圖書，和黃曆之外，事實上她眞的看很多書，例如：《花名寶卷》、《本草綱目》、《繪圖烈女傳》、《心經》、《彌陀經》等等。而她最最恭敬唸讀的還是佛經。她每天都點了香燭，跪在蒲團上唸經。一頁一頁地翻過去，有時一卷都唸完了，也沒看她翻頁，原來她早已背熟了。琦君坐在經堂左角的書桌邊，專心致志地聽她唸經，那音調忽高忽低，忽慢忽快，卻是每一個字唸得清楚正確。受到母親閉目凝神、虔誠無比的感召，琦君也靜靜地坐著不動，直到母親唸完最後一卷經，那時她會再唸一段結語，琦君記得末兩句是「四十八願度衆生，九品咸令登彼岸。」

唸完這兩句，母親寧靜的臉上浮起微笑，彷彿已經度了終身，登了彼岸了。我望著燭光搖曳，爐煙繚繞，覺得母女二人在空蕩蕩的經堂裡，總有點冷冷清清。（琦君，一九九二年。）

在琦君的心目中，沒有正式認過字、讀過書的母親，是在經堂裡念經來維持心靜的平和，而她的餘生也好像是在經堂裡度過了。文末點出母親終身的清寂與孤獨，整篇文章悲喜交集，故事跌宕起伏，環環相扣，文氣錯落有致，韻味悠長，最終在清冷的身影和念誦經文的平和聲中，令我們感受到一股難以言喻的辛酸與苦楚。

五、十里煙波、飲食之美

「夏日正清和，西湖十里好煙波。銀浪裡，弄錦梭。人唱採蓮歌……。」

琦君回憶起父親在浙江永嘉瞿溪鎮教她唱著這首採蓮謠，可知她的父親對荷花盛開的杭川西子湖，眷戀情深。琦君大約是在四、五歲的時候，由大人抱著在西湖遊艇裡，開始享受剝蓮蓬、啃雪藕的愉快時光，然而她記最深的並不是西湖的銀浪煙波究竟有多美，而是父親敲著膝頭，高聲朗吟的愉快神情，使她久久難以忘懷！

琦君寫〈想念荷花〉一文，其實是想念父親。她父親的生日是在農曆六月初六日，那正是荷花含苞待放的時候。再兩個星期之後的六月二十四日，便是荷花的生日。荷花也像人一樣有生日，這是江南一帶，尤其是嘉興地區的風俗。荷花生日這一天又稱爲採蓮節，也有一種說法是嫘祖的生日，盛大的活動盛行於清乾隆年間，以及民國時期。到了這一天，嘉興、蘇州、杭州等地的市民總是傾城而出，此日遊湖可以不必付擺渡錢。蘇州仕女則喜歡聚會於葑門外的荷花宕，根據晚明張岱〈礄園〉的記載：在天啓壬戌年的六月二十四日這一天，他偶然來到蘇州葑門荷宕，見仕女傾城而出，畢集於葑門之外的荷花宕。放眼望去，這一帶所有的樓船畫舫，乃至魚艖小艇，全都被遊客雇用了。遠方來的遊客甚至花費數萬錢也租不到一艘船！岸上行人如蟻。荷花宕中以大船、小船如織，畫舫中的遊冶子弟，在輕舟中鼓吹彈唱。舟中麗人皆倩妝淡服，汗透重紗。

舟楫之勝以擠，鼓吹之勝以集，男女之勝以溷，歊暑燀爍，靡沸終日而已。

袁石公曰：「其男女之雜，燦爛之景，不可名狀。大約露幃則千花競笑，舉袂則亂雲出峽，揮扇則星流月映，聞歌則雷輥濤趨。」蓋恨虎丘中秋夜之模糊躲閃，特至是日而明白昭著之也。（張岱，陶庵夢憶，中華書局，二〇〇九年。）

荷花宕幾乎一整年都悄無人跡，卻在荷花生日這一天，仕女們踩著拖鞋，不顧旁人的眼光，相偕出遊。琦君的母親也非常重視此日，她說只要荷花盛開，便是父親身體健康的象徵。所以在六月初六那天，她總要託城裡的楊伯伯，千方百計地採購來一束滿是花蕾的荷花。她將這束荷花插在瓶中供佛，等待花瓣漸漸地綻放，滿是散發出淡淡的清香，與佛堂香爐裡的檀香融和，給人一份沉靜安詳的感覺。荷花是母親用來為父親祈福的吉祥物，在這篇文章中，無疑也流露出母親生活簡淡素雅的一面。

然而琦君最開心的事，還是在花瓣謝落之後。一般人都喜花開，而不願見到花落，可是琦君卻期待荷花的落瓣。這是因為母親會拿荷花瓣來和了薄薄的麵粉與雞蛋，在油鍋裡稍微一炸，便成為一道別致的甜點。雖說油炸荷花與其高潔的形象不相符，然而在孩童的心目中，這道點心卻連結著母親的愛心與巧手。

其實「炸荷花」確實是一道名菜，它原於山東省濟南市，因此屬於魯菜一系，主要特色在於使用荷花中層最嫩的花瓣，將麵粉、雞蛋、白糖等調成糊狀，以洗淨的新嫩花瓣蘸滿麵粉糊，然後將其入油炸至金黃。著名現代作家老舍曾著有一篇〈吃蓮花的〉，便記述了濟南名菜「炸荷花」。

老舍在一九三三年提筆寫道他種了兩盆白蓮。「盆是由北平搜尋來的，裡外包著綠苔，至少有五、六十歲。泥是由黃河拉來的。水用趵突泉的。」作家以如此好盆、好泥、好水，種起菜藕來，結果居然開了七、八朵白色的蓮花！這幾朵白蓮瓣尖上有點紅，老舍細細地用檀香粉給塗了塗，於是蓮花就全白了！「作詩吧，除了作詩還有什麼辦法？」老舍果然以這盆白蓮花作了很多首詩，極富雅興！

不料幾天之後，他看見門口賣菜的攤販，帶著幾把兒白蓮和茄子、冬瓜放在一起，他起初不能接受，繼而一想，便若有所悟。「啊，濟南名士多，不能自己『種』蓮，還不『買』些用古瓶清水養起來，放在書齋？是的，一定是這樣。」後來朋友約他到大明湖遊賞，順便買點蓮花回來。老舍立刻推薦自己種的白蓮：「何必去買，我的兩盆還不可觀？……天這麼熱，遊湖更受罪，不如在家裏，煮點毛豆角，喝點蓮花白，作兩首詩，以自種白蓮為題，豈不雅妙？」友人看著那兩盆花，點了點頭。不久之後，朋友卻將老舍書房中的蓮花全部摘起握在手裡，只剩下兩朵快要落敗的還原封未動。

老舍忽然像中暑似的，天旋地轉，一時間說不出話來。那友人卻很高興地說道：「這幾朵也對付了，不必到湖中買去了。其實門口賣菜的也有，不過沒有湖上的新鮮便宜。你這些不很嫩了，還能對付。」朋友說完了，便直奔廚房，一邊叫著廚子：「把這用好香油炸炸。外邊的老瓣不要，炸裡邊那嫩的。」廚子是老舍從由北平請來的，和主人一樣不懂的濟南的飲食典故，他以爲「香油炸蓮瓣」是什麼偏方呢！隨即問道：「這治什麼病，燙傷？」友人笑了：「吃！美極了！沒看見菜挑子上一把一把兒的賣嗎？」老舍在文章結尾時說道：「還提什麼呢，詩稿全燒了，所以不能附錄在這裡。」

雖然老舍當年對於吃蓮花一事頗爲無奈，甚至氣得將當日所有詠蓮詩都燒了。然而「炸荷花」這道名點依然流行，如今在北京舊鼓樓大街鈴鐺胡同裡，便有一家名爲「鳳凰竹」的雲南餐館，推出了「炸荷花」，成爲店裡著名的有機菜蔬。而琦君當年在〈想念荷花〉裡對此已有其自創的說法：

父親說吃荷花的是俗客。我卻說，吃了荷花，便成雅士了。（〈琦君，一九八四年。〉）

〈想念荷花〉承載了琦君的懷鄉之情與對父母的無限思念，同時也是她散文情境中難得色香味俱全的一篇性靈佳作。因此作家筆下的飲食情境，亦可視爲其鄉愁的寄託，未來仍可持續探討其作品中的飲饌篇章，並藉以綰合鄉土書寫與信仰習俗等考察，以求更深入整全地研討琦君其人與其文。

第十章

所謂歷史
——柏楊

我們的醜陋，是在於我們不知道自己的醜陋。

作家小檔案

柏楊，本名郭定生，後易學名爲立邦，讀大學時正式定名爲郭衣洞。其筆名柏楊來自臺灣花蓮縣秀林鄉的原住民部落「古柏楊」。又有另一筆名鄧克保。河南開封人。著名作家、歷史學家、思想家。曾任《中華日報．家庭版》主編，一九六八年因翻譯美國連環漫畫暗諷蔣中正父子，判處有期徒刑十二年，一九七五年蔣中正逝世，柏楊刑期減爲八年，卻於刑滿後，仍被留置於綠島感訓監獄。獄中完成《中國人史綱》、《中國帝王皇后親王公主世系錄》、《中國歷史年表》等書稿。一九七七年出獄。一九七八年開始著手譯寫《柏楊版資治通鑑》，至一九九三年始全數完成。

每一位作家會成爲文字工作者的前提，大約都是對語言文字懷抱著崇拜和敬意。作家柏楊曾經指稱，人類與其他動物最大的差別在於，人類發明了文字，因此能夠把自己的生活記錄下來。而這份洋洋灑灑、浩浩湯湯的紀錄，便成就了歷史。然而在作者的書寫之後，若是沒有讀者的參與，並產生共鳴，那麼文字的紀錄也將失去意義。因此千千萬萬的讀者便憑藉著前人的紀錄，來理解過往曾經發生過的事蹟，更重要的是，在發展其意義的過程中，歷史和我們每一位讀者的生命史也發生了精彩的聯繫。柏楊由是進一步認爲，憑藉這些記載，我們得以尋覓自己歸屬的精神座標，那同時也是我們賴以生存的立足與依據。

我們在閱讀中既獲得了精神的支持，便得以在歷史人物的身上感受到他們的情感與意志，亦即身歷其境地體驗祖先們的言行舉止、音容笑貌，傾聽他們從歷代曠古的空山，傳下高亢飛揚的言論，揣摩他們在深宮內院竊竊私語的權謀術數，有時古人甚至還可以讓我們分享其沙場上激烈的戰鬥，包括一場場搏命的廝殺，與所有馬革裹屍的淒厲處境，而同時又讓我們分享其閨房內兒女情長的悱惻纏綿……。是以在我們短短的一生中，屬於自己的一齣人生大戲，終於有了背景，並至少找到一座正式的舞臺，也因而擁有了一份冥冥中早已規畫出大致雛型的劇本。這就是爲什麼我們總是說，閱讀歷史會讓我們鑑往知來、撫今思昔，因爲它不斷地調度起我們的情緒，讓讀者時而感慨萬端，時而擊節讚嘆，有時不自覺地毛髮直豎，而心情也爲之慷慨激昂！

一、三國戰將首重用人盡其才

柏楊是長期研究歷史的人，他始終相信，歷史是活生生的存在體，與我們現代人血肉相連。因此唯有一步步親近它，我們才能因深入瞭解、透視分析，進而對自己的生命所由來與其後續的延伸發展，有所覺悟，也對自己的存在意識產生濃厚的興趣。例如他對三國人物的評述，一直是一組漂亮的論述篇章，在許多三國書迷的心目中也佔有重要的地位。而三國時代的風雲人物又首推諸葛亮，因爲諸葛亮的事蹟在中國人的思想言行中，留下深刻的影響。我們今天常常以「淡泊明志」、「寧靜致遠」作爲處世爲人高遠境界的標準，又以「鞠躬盡瘁，死而後已」來作爲勇於任事、負責到底的最高楷模。這些都顯示諸葛亮在國人道德觀念中所樹立的典範形象。

事實上，孔明的政治光環所折射出識人、用人等各方面的討論空間，也已更進一步滲入民間文學、通俗戲曲之中，那些性格本身與戲劇張力所營造出來缺陷感，反而爲後代讀者一再地津津樂道。例如他的「揮淚斬馬謖」這一齣煽情大戲，便是其中最顯著的焦點。因爲劉備早在過世之前，便一再地告誡諸葛亮：「馬謖其人言過其實，不可委以重任。」然而諸葛亮卻不以爲然。於是第一次北伐出祁山，諸葛亮不用沙場老將魏延、吳懿，而是命馬謖統御各軍。竟因此而由勝轉敗最終痛失街亭。諸葛亮揮淚斬馬謖時，我們也許可以停下來想一想：何以劉備看人比諸葛亮準確許多？

當時蔣琬曾向諸葛亮建言：「天下還未平定，先殺智囊，豈不可惜！」接著便是諸葛亮流淚道出的一席話：「孫武所以能無敵天下，在於執法公正嚴明，如今四海分裂，戰爭方興未艾，如果再不執法嚴明，我們用什麼來討伐曹魏逆賊？」這是在此關鍵時刻，柏楊思考了一個問題：「勝敗乃兵家常事。除了韓信一人之外，歷史上所有名將都打過敗仗。打敗仗而不懲罰，軍紀蕩然，軍隊當然瓦解。但是如果敗一次就斬一將，恐怕所有將領都會死光，包括蜀漢帝國的開國皇帝劉備在內，豈不也要在白帝城斬首？諸葛亮第一次北伐便大敗而歸，喪師辱國，爲什麼僅貶三級？馬謖並沒有叛國，只是戰敗，不過缺乏指揮大部隊實戰的臨場經驗而已。劉邦如果命張良率軍深入垓下，項羽可能擊潰十面埋伏。馬謖是一個智囊型的謀略人才，放在帷幄之中，可以決勝千里之外。對孟獲七擒七縱的攻心戰略，出自他的建議。諸葛亮把他放到千里之外，是逼他死於帷幄之中。用人應盡其才。如果赦免馬謖，留在身旁，再經歷練，將來輔佐姜維，可能會出現一個全新的局面。」

我們可以姜維的戰績與生平來檢視柏楊的立論。二二八年，諸葛亮一出祁山，命趙雲、鄧芝率軍，魏國則派出大將曹眞。那年姜維才二十六歲。諸葛亮先以聲東擊西之計，順利地領主力大軍進攻了祁山。當時姜維屬於魏軍，他隨同郭淮在地方上視察。當他發現祁山周圍諸縣大多都已降蜀，這一驚眞是非同小可！接著他又發現，那些尙未投降蜀國的人，甚至被魏將懷疑是來當奸細的。此時，曹魏軍中士氣已經四散，然而姜維卻接到上司馬遵的指令，直接進攻諸葛亮。更令他沒想到的是，當他孤軍挺進的時候，曹魏的主力部隊已經後退逃命去了！姜維部隊一時軍心渙散，直到大敗於諸葛亮。姜維於是回馬趕進城內，試圖尋求庇護，沒想到上司馬遵執意不開城門，他甚至懷疑姜維是諸葛亮派來的奸細，因此放亂箭射殺姜維部隊。鬱悶的姜維最終被諸葛亮所收留，卻絕地逢生般地展開了人生新扉頁！他日後成爲諸葛亮學生中最有才氣的將領。諸葛亮在給留府長史張裔、參軍蔣琬寫的信中形容姜維：「姜伯約忠勤時事，思慮精密考其所有，永南（李邵）、季常（馬良）諸人不如也。其人，涼州上士也。……姜伯約甚敏於軍事，既有膽義，深解兵意。此人心存漢室而才兼於人，畢教軍事，當遣詣宮，覲見主上。」日後證明，姜維以三十歲不到的年紀，成爲蜀漢的征西大將軍。而他也是三國後期，歷史上最爲耀眼的將才！

二三四年，姜維三十二歲，諸葛亮已經五十四歲，這一年蜀軍做最後一次的北伐，諸葛亮卻於五丈原病故。當時姜維心知肚明，諸葛亮逝世的消息一旦傳出，不但蜀軍大亂，司馬懿更是會逮住機會進攻，於是命令密不發喪，悄然退軍。等到司馬懿聽到諸葛亮的死訊而前來進攻時，姜維卻又重新調整隊形，並豎起諸葛大旗，氣勢如虹地鳴起戰鼓，刻意做出正面對壘的態勢。這一招使得司馬懿懷疑起自己的情報不正確，他深恐諸葛亮的逝世僅是一個圈套，於是連忙下令撤軍。

蜀軍得以安全回返，全靠姜維主持大局。離開了恩師諸葛亮，獨自臨危扛下重擔的第一仗，打得卻是相當漂亮！他沒有逞匹夫之勇，與司馬懿正面對抗，在蜀國頭號大臣諸葛亮去世，軍心散亂之時，有效地保存了蜀國的實力。隨後即被冊封爲平襄侯，統領全軍，成爲蜀國最高權位的大將之一。此後，蜀地國內叛亂頻仍，他們同時也並不停止進攻魏國，從二三八年第一次出祁山，至二六二年最後一次出兵，此間姜維組織了十一次北伐軍，五勝，四平，兩敗。在相對弱勢的情況下，可說是相當優秀的戰績。其實諸葛亮在世時，他擁有趙雲等大將撐持；然而到了姜維時期，蜀國已經是「蜀中無大將，廖化作先鋒」了，而姜維竟能獨力對抗魏國大將，並屢屢立下戰功。則三國時代最大的政治課題，無疑就是「人才觀」，這其中包含人才的挖掘與保護，以及適才適任的原則。這一點，在姜維的身上，得到了分外明顯的展示。而柏楊的歷史評贊，便是在這一點上，指出了諸葛亮對馬謖不能放在適當位置上，最後導致非殺他不可的悲劇。諸葛亮在用人方面，任用姜維的成功，與任用馬謖的失敗中，可說是一組很鮮明的對照，足以我們得到歷史教訓。在柏楊觀念裡，姜維與馬謖可並列爲諸葛亮的接班人，雙雙以將軍、幕僚之才，共同扶佐漢室中興。可惜諸葛亮在其中一方面，做出了錯誤的決斷。

尤有甚者，柏楊對於諸葛亮斬馬謖，提出了一個特別設想：「如果赦免馬謖，留在身旁，再經歷練，將來輔佐姜維，可能會出現一個全新的局面。」這句話給我們留下了想像的空間。諸葛亮能爲蜀漢留下姜維這樣的將才，卻不能再將馬謖等幕僚型人物置其左右，反而將他派出去領兵作戰，因此最後難成大事。如此錯誤的用人與僵化的執法，徒然令人深自歎息諸葛亮之斬馬謖，無異於自斷臂膀。

二、冒險大戰略

此外，柏楊也曾提出，諸葛亮對魏延的任用所引發的問題。諸葛亮在第一次北伐時，魏延曾自薦帶領五千精兵，穿越子午谷，以直取潼關。諸葛亮認爲此計懸危，因而不取。柏楊評論在此評論道：「魏延的子午谷襲擊戰略，是一個極具挑戰性的大戰略，跟當年韓信暗渡陳倉沒有分別；跟曹操進擊袁尙的柳城白狼山戰役更十分相似，全都危險萬狀。當時，如果陳倉道上或白檀塞上，設有伏兵，韓信、曹操二人的命運，將無法想像。問題是，恰恰沒有伏兵，所以獲得成功。軍事行動，有賴冒險。在已知的史料上，看不出子午谷設有伏兵，夏侯楙的智謀，還不到這種水準。而且，從稍後的報導卻看出不僅子午谷一線，曹魏全國都沒有戒備。所以乍聽到一向靜悄悄的西南邊陲，忽然大軍壓境，全國立刻震動。諸葛亮認爲子午谷戰略太過冒險，但魏延並不是盲目冒險，而是正常冒險，因爲對手恰恰是花花公子夏侯楙之故；對手如果是司馬懿，大軍一進入谷口，就等於進入地獄。所以魏延的大戰略一旦被否決，便永無再行的可能。從此，曹魏帝國安如磐石，諸葛亮的出兵祁山，對曹魏帝國的傷害，不過隔山打牛，徒勞消耗士卒的性命。諸葛亮的錯誤決策，由於他天生的謹愼性格，使他追求萬全。偏偏軍事上沒有萬全，所以他用盡心力，不能寸進。魏延是當時名將，而終於英雄無用武之地，被驅逐到錯誤的地點，打絕望的戰爭，而最後還被誣以謀反，身死自己人刀下，一慟。魏延是蜀漢帝國殘存的唯一大將，應無異議。子午谷大戰略如果付諸實施，它成功的可能性極高，昔日劉邦對付項羽場面，又將重演。而魏延一直要求單獨進軍，諸葛亮偏偏不肯放手，不僅魏延自己歎息懷才不遇，千年之後，我們也爲魏延歎息。」

魏延自劉備賞識提拔之後，以智勇雙全成爲蜀漢第一名將，然而在諸葛亮手下卻始終不得重用。在諸葛亮的眼中，魏延性格高傲，不善與同僚相處和諧，因此不是理想人才。而陳壽在《三國志》中卻指出，諸葛亮長於治理軍事，短於奇謀詭計，政治能力優於作戰能力，因此連年勞師動衆，卻不能克敵制勝。從前，蕭何推薦韓信，管仲推薦王子城父，都是因爲知道自己的缺點，不可能十全十美。諸葛亮的手下卻沒有韓信、城父，所以功業墮壞。陳壽對諸葛亮的評價與柏楊的討論大致相同，他們的立論基礎都在於看見諸葛亮性格上的缺失。其實馬謖就如同張良，而魏延就像是韓信與城父。蜀漢的問題不在於缺乏名將，而是沒有眞正的大統帥。諸葛亮身兼將相，又性格過於嚴謹，在軍事上缺少奇謀與冒險精神，事實上這兩點與諸葛亮的性格正是互相衝突的。因此從他自身到他所培養的接班人，皆屬保守有餘，進取不足者。於是北伐中原、復興漢室的大業，便永無成功之望。

三、左品三國，右贊紅樓

柏楊以敏銳的觀察與犀利的筆鋒，將他對社會的關懷以及內在的良知，訴諸於文學。因此他的作品極富內涵與感染力，尤其是在字裡行間洋溢著擁抱社會的理想與熱情，在在使其文章擲地有聲，帶給讀者心靈的強烈震撼。同時也因爲他擅於將往事翻轉出新意，故而能將沉悶的歷史敘事轉化爲靈動有趣可讀性極高的精彩故事。本文分別闡述柏楊對三國故事與《紅樓夢》的評說，藉以突顯他對敘事藝術的獨特觀點及運用。

（一）還原舊史・引發新思維

爲期一甲子的三國時代無疑是中國歷史上最戲劇性的一頁，因而據此編纂堆疊而成的小說戲劇題材，可謂不勝枚舉。又因爲陳壽著正史《三國志》使一般讀者感到艱澀，於是羅貫中的歷史小說《三國志通俗演義》一出，即使多處悖離史事，世人仍然津津樂道。《柏楊品三國》輯自《中國人史綱》、《柏楊曰》、《皇后之死》等三書，柏楊在其間既忠實於歷史，同時也善用白話語文的通暢敘事，讓讀者不僅看得明白，而且愈讀愈津津有味，思緒萬端，具有啓發性。柏楊雖自稱「舌人」，然而他的工作卻在闡釋經典的文義、提煉故事精華，並隨時提供創意性的延伸思考，因此他的史學功夫並不容小覷。

舉例而言，赤壁之戰是底定三分天下的關鍵戰役，在《三國演義》裡，作者誇張了劉備的軍師孔明在戰爭期間的主導作用，反而將眞正起作用的魯肅貶抑成爲反襯諸葛亮的魯鈍之輩。柏楊爲了還原史實，他特別指出赤壁之戰有兩個關鍵點：一是孫劉聯盟；二是孫權決心抗曹。而魯肅在確立這兩項決定的關鍵時刻上，實扮演了重要的角色。

二〇八年，荊州牧劉表病逝，同時曹操正大軍南下征討荊州。情急之下，魯肅力勸孫權盡棄前嫌，以求聯合劉備、劉表部隊，並在曹操來到荊州之前，搶先攻城掠地。孫權於是立刻派遣魯肅晝夜兼程趕往荊州。不料魯肅卻在途中得到消息：劉表幼子劉琮已經降曹，而劉備正往南逃。魯肅於是當機立斷赴當陽與劉備相見，並勸劉備不要遠遁西南蒼梧郡，因爲此時正是結合劉表長子劉琦，並收拾荊州餘部，以求保土安民的時刻，同時可因此與東吳聯合成勢力以抵抗曹操。魯肅提出的要求乃是一個有眼光的戰略布局。劉備於是指派軍師孔明赴東吳與之談判。

此時曹兵強勢大，竟不戰而奪取了荊州。於是東吳的文武百官皆主和而不敢迎敵。只有大都督周瑜對孫權分析了八十三萬曹兵乃是一個虛數，因此他自願請兵五萬前往克敵。此時孔明卻另以激將法謊稱曹操實領有一百五十萬大軍，因而勸孫權盡速投降。結果周瑜和孔明二人的說法都比不上魯肅的進言鞭辟入裡，他說：「我國的這些主和的文武官員因爲降曹之後，還能得到一官半職，可能與現在的差別並不大；而您若是投降曹操，卻頂多封個虛銜的侯爵，將來處處得仰人鼻息，哪能像現在這樣掌握大權？」此話一出，孫權便決定出戰了。

我們將上述《三國志》裡的情節，對照《三國演義》中魯肅的庸儒形象，可知歷史曾被扭曲，然而世人只曉得通俗小說的故事，卻不知眞正的實情，也是被古文所限，這一點正是柏楊希望翻案反正之處。單看他將魯肅還原爲一位促成三國鼎立的歷史創造者，而我們確實可以從他的身上汲取眞正的謀略、勇氣與智慧，便知道柏楊所做課題的重要性。

再如三國時代的關羽，他是東漢末年的名將，其英勇事蹟在當時已經聞名遐邇，後世對他的歌功誦德更不曾衰歇，關羽在中國歷史上的地位，以及在人們心目中的偶像地位，早已光芒四射、永垂不朽。然而若僅就史書所云，關羽其實無法堪稱英勇，也不能夠在歷史上佔有一席重要的地位。首先關羽對待孫權與魯肅時，便顯現其粗暴和愚妄。使得原本可以成爲親密盟友的雙方，最後卻被逼成了死敵。而陸遜只是寫了幾封謙卑的信給關羽，卻能因此爲關羽所接納。其後他派人與呂蒙結交，那使節又被利用，反而成爲敵人的傳信使，最後徒使關羽全軍瓦解，這一切都源於關羽不僅未能封鎖消息，還讓這名被利用的使節不斷地往返遞送假情報。直到大軍撤退之日，關羽大軍是一路逃散，完全潰不成軍。此外，在正史中關羽從未指揮過重大的戰役，甚至連徐晃亦無法抵抗，因而不得不解除樊城之圍。呂蒙還未出手，關羽已經戰敗。關羽甚至將根據地託付給痛恨他的兩位將領。這等於是將根據地拱手讓人。關羽不僅沒有意識到自己的失誤，反而宣稱回軍要懲處留守的主管，他的愚頑與任性簡直與《三國演義》中的正義戰神判若兩人。

而他最大的錯誤還在於因其一時衝動，竟破壞了諸葛亮苦心經營的隆中對策，打破了與孫權聯盟保持和睦的關係。總結他這一生的成功，事實上僅在忠於劉備，於是他的眼光只看到了一個狹窄的圈子。他始終排斥諸葛亮，也排斥黃忠，導致劉備左右爲難，如果劉備不支持關羽，關羽可能對他離棄；倘若文持關羽，則黃忠便要背叛了，事實證明麋芳、傅士仁的背叛皆起因於關羽。是故「效忠」這個概念存在著盲點和迷思，有時徒使被效忠者受到極大的損傷，因此，處處顧全主上的利益，才能使「效忠」產生正面的意義與價值。這也是柏楊品三國之餘，給予讀者延伸的省思。

（二）性格與命運

柏楊在《中國人史綱》中著重批評歷史，其間他稱清初康乾盛世爲黃金時代，進而對《紅樓夢》提出獨到的評點，此處有展現在歷史之外的文學評點眼光。他說：「在文學上，《紅樓夢》的成功至爲驚人，迄至二十世紀，中國還沒有一部小說可以超過它。它布局的氣魄像汪洋大海，描寫的細膩深刻，像脂粉一樣沁人肌膚。」「每個情節都含有深長的意義，而且用的是白描技巧，這是長篇小說創作領域中最艱難的一種技巧。曹雪芹始終把握住一個原則，即用言語和動作去表達心理——跟專注重心理描寫的笨重手法，恰恰相反，使讀者在淡淡的聲調下，發生澎湃的感情。世界上找不到一本小說像《紅樓夢》一樣，包括這麼多的人，而又觀察得如此入微。」曹雪芹的白描技巧在於觀察入微，因而他以細膩的動作表達人物的心理和思想，可謂其獨到的藝術境界。

例如《紅樓夢》第六十二回，在多位主角同天生日的喜慶氣氛中，大夥兒行酒令，鬧得湘雲醉了，竟在芍藥花叢間酣眠，四周花瓣飛滿了一身，紅香散亂，蜂蝶鬧嚷，這幅畫面實在太迷人！而另一頭黛玉和寶玉也躲在一簇花叢下唧唧噥噥地說著私密又貼心的話。同時大家也有坐的，也有立的，也有在外觀花的，也有倚欄看魚的，各自取便，說笑不一。作者突然偷出一筆來寫探春，讓我們再度著重細品一番她的處世態度和爲人的原則。同時又因爲她的立場與角色正好與賈寶玉形成了強烈的性別角色對照，於此更讓我們感受到曹雪芹善於在生活場景中反映其性別意識與家族盛衰的文學命題。

其時探春和寶琴正在下棋，一旁有寶釵與岫煙觀局。然而我們卻見到大管家林之孝家的和一群女人，帶了一個媳婦走了進來。那媳婦明顯的愁眉淚臉，也不敢進廳，只走到臺階下，便朝上跪下來磕頭。此時探春並無查覺，因爲她一塊棋受了敵，算來算去，總得了兩個眼，便折了官著兒，兩眼只瞅著棋盤，一手伸在盒內，只管抓棋子作想。

那林之孝家的安安靜靜地站了半天，完全不敢作聲。直到探春回頭要茶時才看見林之孝家的，於是問她：「什麼事？」林之孝家的便指著那媳婦說：「這是四姑娘屋裡小丫頭彩兒的娘，現是園內伺候的人。嘴很不好，才是我聽見了問著她，她說的話也不敢回姑娘，竟要攆出去才是。」

探春此時知道那愁眉淚臉的媳婦大約是嘴裡不乾淨，但是也沒有立刻作出決定，她首先問道：「怎麼不回大奶奶？」林之孝家的回道：「方才大奶奶往廳上姨太太處去，頂頭看見，我已回明白了，叫回姑娘來。」探春聽說，方知李紈已曉得此事，但仍不便擅自作主，於是接著又問道：「怎麼不回二奶奶？」平兒在一旁隨即答道：「不回也罷，我回去說一聲就是了。」至此探春終於點點頭，然而仍然以很保留的態度說道：「既這麼著，就攆出她去，等太太來了，再回定奪。」說畢仍又下棋。

探春下棋時，即使是大管家也不敢驚動她，這是作者寫大家族的規矩。探春既而先問大奶奶，再提二奶奶，最後明確下了定奪，口裡卻仍聲稱：等太太回來，需要再回明。可見她一位年輕姑娘，做事深知謹慎守分寸。有趣的是，黛玉一面和寶玉說話，卻將這一場景完全地看在了眼裡，並有一番看法，顯然她也並非僅是風花雪月之流。

黛玉站在花下，遙遙地盼望著，一面對寶玉說道：「你家三丫頭倒是個乖人。雖然叫她管些事，倒也一步不肯多走。差不多的人，就早作起威福來了。」寶玉道：「妳不知道呢。妳病著時，她幹了幾件事。這園子也分了人管，如今多掐一根草也不能了。又蠲了幾件事，單拿我和鳳姐姐作筏子。最是心裏有算計的人，豈只乖呢！」

黛玉顯然是贊同探春的作法，因爲她心裡也明白，這一大家子如今是安富尊榮者多，運籌謀畫者少，更兼入不敷出，因此她的心中難免也爲賈府捏一把冷汗，時而著急，時而感嘆。她對寶玉說：「要這樣才好，咱們也太花費了。我雖不管事，心裡每常閑了，替他們一算計，出的多，進的少，如今若不省儉，必致後手不接。」

可笑的是，連黛玉這樣一位詩情畫意的人物都曉得要算計家務，偏偏賈寶玉堂堂男子漢，卻兩手一攤，事不干己地笑道：「憑他怎麼後手不接，也不短了咱們兩個人的。」黛玉聽了，也許是不以爲然，便轉身就往廳上尋寶釵說話去了。

曹雪芹寫探春謹小慎微地處理著家務，又寫黛玉冷眼旁觀，只有乾著急的份兒，再添一筆爲賈寶玉無所用心的紈褲爺們心態下斷語。那麼榮寧兩府君子之澤，五世而斬的命運狂瀾，已經在清靈的描寫之間，透露無疑。

又如小說第六十一回，大觀園廚娘的女兒柳五兒被栽贓成了偷竊茯苓霜與玫瑰露的小偷。賈寶玉聽說了，立刻無條件地出面保護她，包含王夫人屋裡遭彩雲偷竊等物，他都一概應承下來，說是自己鬧著玩，私自拿走的。如此一來，免得五兒受苦，也瞞過趙姨娘命彩雲偷竊的劣行，爲的是保全探春的顏面。有趣的是，賈寶玉其實並未見過柳五兒，只因她與芳官是至交，便答應替她遮掩。這樣博愛的情懷，也是世間少見的。

然而寶玉一片赤誠的作風，卻惹來王熙鳳的不滿，她說：「寶玉爲人不管青紅皂白愛兜攬事情。別人再求求他去，他又擱不住人兩句好話，給他個炭簍子戴上，什麼事他不應承？咱們若信了，將來若大事也如此，如何治人？還要細細的追求才是。」王熙鳳認爲賈寶玉作好人，簡直是沒有了限度，古人說「炭簍子」就是我們今天說的「高帽子」，因爲裝炭的簍子都很深，戴在頭上就像是個高帽子一般，形容幾句好聽的話灌到賈寶玉耳裡，他便甚麼事情都願意應承的。這簡直不像話了！在她這位當家作主的少奶奶眼中，管理下人就得嚴厲，若是這回寬鬆了，下回就難收束，因此她對平兒說道：「依我的主意，把太太屋裏的丫頭都拿來，雖不便擅加拷打，只叫他們墊著磁瓦子跪在太陽地下，茶飯也不用給他們吃。一日不說跪一日，就是鐵打的，一日也管招了。」

除了狠辣不留情地對王夫人屋裡的丫鬟逼供之外，同時她對柳家母女也心存懷疑，因此隨口說出了一句俗諺：「蒼蠅不抱沒縫兒的雞蛋，雖然這柳家的沒偷，到底有些影兒，人才說他。」以她的敏感，立刻就聯想到她們必是自身不正，那壞事才會找到她們頭上的。因此「雖不加賊刑，也革出不用。」然而既沒有明顯的缺失，只因爲她們略有些不好的風聲，就予以革職，這樣會不會錯怪了好人呢？王熙鳳的作法很像是《三國演義》裡曹操殺害呂伯奢全家時，還義正嚴詞地自我解釋：「寧教我負天下人，休教天下人負我。」當時陳宮氣得指責曹操：「知而故殺，大不義也！」王熙鳳此時也是明知故殺！柳家母女沒有犯錯，也要一併革除，即使如此，她也毫無愧色地說道：「朝廷原有掛誤的，倒底不算委屈了他。」此女中梟雄的心態，昭然若揭，和賈寶玉仁慈的心相去何止千里？

回到「性格決定命運」命題上，瑞士心理學家卡爾・榮格認爲：性格決定了一個人的處事態度和方法，結果直接影響到他的命運，這一點平兒看得很清楚，她勸王熙鳳：「何苦來操這心？得放手時須放手，什麼大不了的事，樂得施恩呢。依我說，縱在這屋裏操上一百分心，終久是回那邊屋裏去的，沒的結些小人的仇恨，使人含恨抱怨。況且自己又三災八難的，好容易懷了一個哥兒，到了六七個月還掉了，焉知不是素日操勞太過，氣惱傷著的？如今趁早兒見一半不見一半的，也倒罷了。」一席話說出了王熙鳳總保不住胎兒的命運，其實和自己性格有密切的關聯。這也是柏楊體察曹雪芹的寫作，認爲他的白描與對話深具內涵且耐人尋味的原因了。

四、結語

柏楊一生的研究功夫從歷史著手，他熱衷探索歷史人物成敗背後的性格與心理因素，然而他最終的目的還在於瞭解自身這一代苦難的根源。然而他對歷史是充滿感嘆的：「從來沒有人思考過：人，可以創造出一個人人可以遵行的制度，和人人有機會爭取到尊嚴，卻沒有一個人可以爲所欲爲的合理的社會。結果，幾千年來層出不窮的領袖人物，都在玩弄欺騙的把戲，一旦權力在握，馬上百毒併發，無所顧忌的發揮個人貪婪邪惡的欲望。」在他的心目中，勉強稱得上英明的，只有：苻堅、李世民和玄燁三人而已。柏楊研究歷史上著明的治史學者，如：司馬光，他是典型的皇家史官代言人，一意維護帝王的立場，也是盡他的本份。又如：王夫之，他在統治者之前，乞討一點殘存利益，而終其一生將全副精力集中在狹隘的族群和儒家主流利益上，那廣大百姓的哀哀無告、輾轉呻吟，其實都在他們的認知之外。

儘管沒有一位史學家的評論能夠概括全域，柏楊還是慶幸自己生在這個時代：「讓我對事實的眞相，能從更寬廣的角度，和更多資訊中去觀察。我尊重前人治史的勤奮，但大多數時候不認同他們的史觀，而且，如果一千多年，和三百多年之後的我們，對歷史上的事件，仍採取與一千多年，和三百多年之前同樣的看法，那無疑的是對人類文明的褻瀆，和良知的無能。」作爲一位史學家，猶如從黝暗的時光隧道裡走出來，在朗朗乾坤之下，必須梳理出屬於自己這個世代的領悟與感受。這其間還包含了誠實面對並勇於抒發的精神，才能憑藉著過去的脈息，診斷出一個新生的未來。

第十一章

諷刺．戲擬．狂歡化
——朱西甯

聽這索鍊，多少罪！多少孽！
多少冤苦，在一片黑森裡摸索而來，在冰霜上滑來。

作家小檔案

朱西甯，原名朱青海。山東臨朐人。著名作家。一九四九年應孫立人將軍號召，報考陸軍官校，後隨軍隊來臺，一九五二年創作小說《大火炬之歌》，此後寫作不輟，並於一九六五年得到中國文藝獎章。其書寫題材廣泛，有寫實記錄戰地生活的《八二三注》，以及〈現在幾點鐘〉與《破曉時分》等充分表現現代派手法的中短篇小說。

一、從〈錯斬崔寧〉到〈破曉時分〉

宋代話本小說〈錯斬崔寧〉，最早被收入《京本通俗小說》，後爲明末馮夢龍改寫爲〈十五貫戲言成巧禍〉，並收入《醒世恆言》第三十三卷。從篇名的轉換中，讀者可以很清楚地意識到作者將小說的主題歸向了巧合的十五貫錢，以及劉君薦因戲言而導致日後的冤案上。及至清代又有劇作家朱素臣將小說改寫成劇本《雙熊夢》，故事至此線索更爲繁複，巧合之上再加巧合，於是形成了雙重的冤案。

所謂「雙熊」乃指淮安熊友蘭與熊友惠兩兄弟。因兄長出外工作，留弟弟在家攻讀，而熊家的鄰居馮玉吾因有個其醜無比的兒子錦郎，又娶了個容顏娉婷、資性伶俐的媳婦侯三姑在家裡，兼之熊友惠在隔壁讀書的聲音每爲三姑所稱賞，玉吾遂終日疑心媳婦不安於室。他先交付金環與十五貫錢予三姑保管，繼而令其遷居內室，以爲避嫌。孰料友惠得知鄰人有此猜忌，爲了表示自己的清白，遂也遷居內室，如此一來，仍是與三姑緊鄰而居。

某夜，老鼠將金環與十五貫錢叼進了老鼠洞，又銜至熊家，阮囊羞澀的友惠因不堪鼠患，先是買了老鼠藥和在麵團中，做成麵餅想毒死老鼠，接著又拿十五貫錢到店鋪換米，卻被馮玉吾當場逮住！錦郎在家中發現了老鼠銜來的毒麵餅，不疑有他，吃下麵餅後中毒身亡。於是侯三姑與熊友惠被告進縣衙，以通姦和謀殺親夫等罪名判處死罪。

本劇的第二樁冤情則承自宋明話本的故事原型，寫無錫屠戶游葫蘆因在外借得十五貫做生意的本錢，便喝得醉醺醺地回家，卻對養女蘇戌娟開玩笑說這是將她出賣爲奴所得款項。蘇戌娟不願爲奴，因而連夜出逃。當地無賴婁阿鼠趁夜裡潛入游家，殺死游葫蘆並盜走十五貫。戌娟在投奔親戚的路上遇見正要趕回家解救弟弟的熊友蘭，而友蘭爲救弟弟，已向陶朱公借了十五貫錢揣在身上。戌娟與友蘭雙雙同行，被公差追趕逮捕。蘇戌娟供稱自己要去投奔姑母，熊友蘭也說自己只是過路人。然而婁阿鼠卻一口咬定游葫蘆爲熊友蘭和蘇戌娟所殺害，而友蘭身上的十五貫錢便是贓款，於是公差將熊友蘭和蘇戌娟扭送縣衙。此案經常州府理刑過於執審理，將蘇戌娟和熊友蘭屈打成招，判爲死罪。兩樁冤案反映社會現實的黑暗與爲官者的痲木不仁。幸而有蘇州太守鍾況鍥而不捨撥開重重疑雲，最終還給兩造清白。

自宋明話本以至於清代戲劇，〈錯斬崔寧〉的情節與主題一再發展、擴充、重新鋪陳，以至於結局轉變，而情節也愈趨繁複，然而卻因巧合過多而破壞了故事的可信度與合理性。及至朱西甯於一九六三年發表〈破曉時分〉一文，重新改寫這個故事，回到〈錯斬崔寧〉的原始雛型架構下，改以鄉土口音、第一人稱視角、意識流等諸多有別於傳統寫作的寫作手法，重新詮釋，才將這個古老的冤案在不變動宋元話本框架的原則下，翻出文學創作的新意來。本文將專章討論小說敘事主體的聽覺印象，以及分析朱西甯重新點題爲「破曉時分」的特殊涵義。

二、聲音嘉年華

〈破曉時分〉特殊的書寫策略在於輕輕放下男女苦主的重大冤屈，卻重重提起一個古往今來最容易爲人們所輕忽的腳色——縣衙差役。不僅如此，小說裡的第一人稱還是一位第一天上任的「菜鳥」衙役，他是火神廟背後陸陳行的少老三，第一天上工的時間即是在黑夜與黎明的交界的「破曉時分」，這是通篇故事未曾跨越的時間背景，也是陳老三這個半生不熟新衙役的實際處境。他說：

我拉拉號衣襟兒，手腳沒甚麼地方好安放……。（朱西甯，二〇〇三，二六六）

立在這樣的靦腆尷尬處境下，身旁帶領他的「老鳥」章老大，卻是個伺候過七任大老爺的老衙役。加上介紹這份工作給陳老三的黑八，「倆老傢伙碰到一起，連葷加素啥都來的！」陳老三原本以爲有這麼兩個又風趣又不見外的老前輩關照，衙役這行飯應該是他可以吃得的。對他這名新差而言，第一天上班的新鮮感來自這幅景況就像是趕夜市來了，「聽他們打著暗號談買賣似的，我可一點兒也聽不懂……」，不僅老衙役彼此之講話像打暗號，衙門的氣氛就像夜市般的熱鬧，事實上，天未亮之前，衙門外眞的聚集了一個小型的夜市，「專做衙門生意的胡辣湯、煎包子、打驢餅、油條熱粥，生起一街的火煙，把衙門兩旁站籠的大黑影子投到兩側的粉壁上。」陳老三的視線由夜市轉移到幾個酷刑專用的大站籠：

一條一條橫來豎去的條紋，深的和淺的，羅織出格子洋布一樣的花色。……扛洋槍的守衛臉上和身上落滿那些條紋，彷彿人正關在站籠裡上刑。（朱西甯，二〇〇三，二六七）

而「燈火把兩三個人影摔到廊前青條石的臺階上，腦袋朝下，彷彿人是截成一段一段的倒懸在那邊來去晃動」的景象，也充滿了陰森森的恐怖氣氛！至使得陳老三感到膚觸上的陰冷：「爹總該回去了罷，不能老守在衙門口，老瞅著那一對殺氣騰騰的大站籠。上年歲的人，火氣衰了，眞抗不住這樣酥骨的冷風。」（朱西甯，二〇〇三）由眼中的肅殺景象傳達出內心冰冷的感觸，朱西甯極力鋪陳這名新衙役內心凜凜然的恐懼心理。然而最讓他感到戰慄的，還在於女犯登場的那一刻，作者著重描寫了在聽覺上對主述者所造成的震撼與壓力：

> 從遠處——從陽世嗎還是從陰間——起一陣金屬的抖顫，那鐐銬的索鍊，嘩啦，嘩啦，嘩啦，彷彿拖曳深重的船纖，拖曳一樁無底無望的沉冤。從陽世嗎還是從陰間，緩緩的，疲累的，便是那樣的拖曳而來了，近了。（朱西甯，二〇〇三，二七三）
>
> 聽這索鍊，多少罪！多少孽！和多少冤苦，在一片黑森裡摸索而來，在冰霜上滑來。（朱西甯，二〇〇三，二七三）

相對於女犯來自地獄的聲音，陳老三等人則是主動地發出猶如墓穴中的號泣之音：「嗚……嗚……嗚……」，這兩廊下低吼的堂威，「彷彿是一種低沉的號泣從墓穴裡幽幽慘慘的飄上來，又好比猛虎獲食那樣的咆哮。這聲息聽來如此的沉濁，又似輕飄飄的飄上天去，拿不穩是遠是近。人在無來由的惡夢裡，常是被這樣的聲息膠黏在心裡，被這個糾纏的聲息所苦。」（朱西甯，二〇〇三，二七四）從地獄到墓穴，陳老三的感受已不言而喻。然而這兩重壓力巨大的黑暗之聲，卻意外地被堂上大老爺若無其事、一派輕鬆的抽菸聲音化解到如夢般可有可無的境地：

大老爺歪身子靠在熊皮椅帔的太師椅子裡，好像什麼他也沒聽見，什麼他也沒看見，只管叭噠——叭噠——不緊不慢抽他的旱煙，遠在廊下也聽得見。那樣子的不經心，彷佛要挨到天亮再問這案子。（朱西甯，二〇〇三，二七四）

當那瘦小如一頭畜類的女犯被帶上大堂，跪在堂前的青石階上。主述者再度描述他所聽見的聲音：「一絲兒起自黃泉似的幽幽嗚咽，死去的冤魂還魂了罷？」這個恐怖陰冷的世界還使他聽見了「身上這抽筋一般的戰慄，又如潮水一樣打心裡一波波湧上來」。原來那是襟上銅鈕扣一陣子直敲著懷裡的大棍，「滴滴答答，小洋鐘似的」。（朱西甯，二〇〇三，二七六）在這一段壓抑的細微聲響之後，隨即而來的是淒厲的酷刑加身的慘叫聲，使得朱西甯的聽覺寫作達到了高峰：

那是甚麼樣的慘叫——彷彿這樣黑月頭的天色，會被她一下子叫亮了。我女人生頭一胎時，從頭更生到天明，隔著大天井，聽來較不相信一個人竟會那樣子叫喊。這小娘們不光是叫得不像人聲，飛禽走獸也嗥不出那樣悽慘：好比是整垛子瓷器碗盞一下子倒下來給人的驚嚇；好比細木匠鋪子裡的做鏇工，鏇工不當心偏了偏，刮到鐵軸子上，一個鑽旋，能把人的天靈蓋鑽出一個大窟窿；又好比牛車滾下坡，剎車棍咬進大轂轤兒軸縫裡，吱吱呦呦，吱吱呦呦，銼在人牙根上，能把牙齒一顆顆給崩得粉碎。這可都比彷不出這女人到底是怎麼樣的一種慘叫。（朱西甯，二〇〇三，二八九）

那女犯一定並不知道自己叫喊些甚麼，因爲那聲音如果化爲形象，就該是「一條攔腰劊斷的蛐蟮」，陳老三眼看著女犯變形地扭絞著身子，而且老是這麼扭轉過來，徒然去抓那根壓在腿上好像麵軸兒來去滾轉的杉木槓子。當這名女犯在被施刑後倒在地上，陳老三還聽到後續低低的呻吟，「好像在和地底下的誰在那兒私語」。忽然之間，朱西甯再次揚筆又寫了一段高峰的文字：她跪直了，仰天尖厲的狂叫：「死人哪，你怎麼不替我伸冤？你怎麼不替你自個兒伸冤？是誰殺了你，你銀子給誰搶走啦，你說呀！死人……」（朱西甯，二〇〇三，二九〇）她一面發瘋的搖動滿頭亂蓬蓬的長髮，然而人又隨即倒下去了，好像是那一股怨氣把她撐起來的，怨氣嘔出去了，人也癟了，軟了，就倒下去。

在這第二段淒厲之聲後面，緊接著是兩廊下再度發出那種透著官廳虎威的，老貓攫住耗子的嗚嗚低吼，陳老三心想：「跟著試試罷，免得章大爺又拿胳膊肘兒頂我。」然而這聲音一旦出自他自己的喉嚨，竟然連他自己都發抖！於是陳老三在聽見官威聲之後，接著聽見了極微弱，卻又分外眞切的，竟是自己的牙骨打得很響！。

這是一大段聲音的變奏曲，從序曲、主旋律，進而衍生出各種號泣、呻吟，與淒厲的變奏，間歇交織著幾段過度的官威之聲，最後在主述者聽見自己銅釦、牙骨打顫聲音中，整段審案文字逐漸走向尾聲。

> 我算是吃不來這行飯……吃飯是要活著，吃這種飯要把人給吃死的。
>
> （朱西甯，二〇〇三，二八九）

陳老三在「破曉時分」黎明前的黑暗時刻，因視線極度模糊，因而調度起靈敏的聽覺感官，將堂上的聲音聽得分明之後，他得到了自己的結論。

三、史無前例的戲場人生

朱西甯在〈破曉時分〉中所呈現的語言嘉年華，還有一項特色，便是運用傳統戲臺上的場景來比喻和諷刺現實中大老爺升堂的景象。

這不簡直個兒是在等著上戲？只欠開臺的鑼鼓傢伙。（朱西甯，二〇〇三，二七一～二七二）

該說是龍套還是起霸，這總像上戲那麼回事兒，不當衙役一輩子也見識不到這樣的陣勢。（朱西甯，二〇〇三，二七二）

龍套演員一般扮演侍從或兵卒，負責助威吶喊，藉以烘托聲勢，用來表示人馬眾多。而龍套演員都必須要熟悉自己在舞臺上的站位，以及各種常用的走位。「起霸」則是源於明代《千斤記》中有〈起霸〉一折，專門用來塑造霸王威武勇猛的形象，後來戲曲吸收了這種表演形成舞蹈化的程式套路，著重表現穩中有剛，剛中涵柔，靜如青松泰山，動如太極八卦，虎虎生威，給人強烈的觀感。朱西甯藉由戲曲術語暗喻新任衙役心目中先入爲主的設想，希望即將升堂的大老爺，以及在場的眾衙役能像戲臺上的演員一般威風有架式。

然而當他望穿秋水才總算熬到大老爺升堂時，這位大老爺的形象卻與傳統戲臺上的程式化演出差距甚大！「酸酸的，哪裡是想著那樣的龍行虎步，好像腰裡有什麼毛病。」而且這位大老爺也沒穿補袍，只配著一長串佛珠，頭上也只戴著便帽，那雙靴子遠遠看去便不怎麼新。陳老三早年聽外姥姥講過：那些新中功名的老爺上任，撒尿都要鋪上一層新棉花，若是緞靴子上濺了一星星，立時就得另換一雙新的。可是眼前這個老爺不僅一臉浮腫，是個挺著肚子的黃胖子，而且一身鬆當當的陳舊，那鞋子更沒有外姥姥說的那樣簇新，陳老三覺得他那雙靴子就算踩進尿窩子裡，定也照穿不誤的。眼看著大老爺是個大菸槍，老三於是認定：「新棉花墊腳的那等風光，該都在煙燈上燒成灰燼了，只怕沒有什麼還能比那小小玻璃罩裡如豆的火焰兒更風光。一樣的都是騰雲駕霧的日子，雲底緞靴如雲土，如今還是要磚頭一樣的一塊一塊的雲南煙土罷！」（朱西甯，二〇〇三，二七二）

不僅大老爺沒有起霸的架式，連他身旁跟差的也沒有龍套的威風陣仗。這個差人原本應該是配著大刀，威武地站在大老爺的前方，聲若洪鐘地宣告著犯人上堂。此時卻卑微地蹲在一旁伺候老爺抽菸，既安煙又點火。那柄套在黛綠包銅刀鞘裡的大刀拖在羅底磚地上。令人十分懷疑：那樣低三下四的人能有什麼武藝在身？而大刀佩在他身上，不知該說它是香荷包還是鼻煙壺？尤其是他的聲音：「帶人犯徐周氏！」那聲音竟和賣烤白薯的吆呼差不多一樣的味道！

犯人上堂之後，他繼續說道：「大老爺傳話，徐周氏你有冤申冤，有罪認罪！」（朱西甯，二〇〇三，二七五）在陳老三的耳中，這一口尖銳的外鄉口音挑起嗓門叫的這一聲——，與叫賣聲：「包甜包麵包熱烘烘白薯來……」（朱西甯，二〇〇三，二七五）卻是並無二致！而女犯「句句實情哪！」一聲哭喊，在老三耳中，卻又分明是孩子似的童聲！又像是春天來了，大江上出現的冰裂聲。只是在此情景中，竟連老三都不相信春天會降臨在女犯的鐐銬上：

那鐵索拖拉在青石板上，該是開春的深夜裡，像我們住在城裡也聽得見的大開江的裂冰聲。但不知鐐銬在女犯身上結的冰也有開裂融化的春天不。（朱西甯，二〇〇三，二八六）

這「破曉時分」一切雖看不分明，卻聽得清晰。老爺接著說道：「看刑罷！」陳老三又以爲彷彿說：「開飯罷！」那種輕鬆愜意的味道，配合上大老爺欠欠身子，很氣派的大聲呸一口痰的音響。朱西甯以另一番筆法將讀者帶進了一個草菅人命的黑暗地獄。而堂上除了大老爺之外，還有一位二老爺，此人卻又帶著如同傷風一般濁重的鼻音，說道：「招出姦情來！」朱西甯並不討論此案情是否已被過早地誤判，他僅表現人物的音色與音質，在這一聲僅有的著重鼻音中，表明了說話人的菸癮太大，以至於上了大堂還在犯癮，而這也是衆所周知的：

似乎是二老爺發威，一口重濁的鼻音，傷風了罷？章大爺跟左邊的一位低聲的說：「今兒二老爺大概欠了口癮，看樣子。」（朱西甯，二〇〇三，

（二八七）

這聽似患上重傷風的鼻音，搭配大老爺叭嗒叭嗒抽不夠的過癮聲，朱西甯藉由聲音的描述，烘托出一個令人不敢置信的審案公堂，原來自大老爺以下，那些官爺差爺這一大堆人，都是鐵打的心腸銅鑄的肝！而那兩個漢子踩在杉木樌子上，就有要把戲賣藝的那種架式，賣弄他哥兒倆能站在老要滾動的樌子上而不跌下來的硬功夫。

在陳老三的耳中，這公審堂上，充滿著抽菸、吐痰、賣白薯，以至於打哈欠的聲音，唯獨聽不見苦主的冤屈之聲。那第二輪帶上來的人犯，報上姓名之後，大老爺卻只管抽一口菸，喝一口茶，過他的燙癮，卻沒大理會下邊給他帶上一個甚麼人。大老爺側斜著身子坐沒坐相兒，實是遷就長桿菸袋才那樣子的。他的吊梢眼已經瞇覷成一條細縫，那也是長久吞雲吐霧所形成的容貌。他開口說話時，帶有一種不急不徐不動肝火的溫和調性，然而說出來的話卻是不明究裡到令人驚心的地步：「摸不清怎的抓你來？慢慢較，給你一百大板，你就摸得清了——滑稽死了！」接著，他本要吩咐什麼的，卻被一個打得很放肆很響亮的呵欠攔住了，再哈欠聲之後許久，這才豎豎兩個指頭——那是個「八」字的數碼——交代下來：「賞他一頓飽的罷啦！」（朱西甯，二〇〇三，二九三～二九四）那是一種透著客氣和商量的語氣。大老爺用他的長桿菸袋點點犯人說，一點也不動肝火，彷彿只是隨便給自己小兄弟開一下子小玩笑。然後再清掃清掃嗓門兒，狠勁啐出一口響痰。

當他拍一下驚堂木，望望兩廊的那個神情，倒像是說書的「壓扣子」。（朱西甯，二○○三，二九三）朱西甯將原本應該是明鏡高懸的大老爺比喻爲說書藝人，而古代評書藝人無論底子活還是路子活，說書時都不會僅是照本宣科，他們通曉腳本的訣竅在於記住有多少「球子」和「扣子」，再臨場即興決定如何使用這些扣子，如何開頭來入門見扣，將聽衆留在書場上。每一個扣子都是一個懸念，是說書人引人入勝的技巧。扣子有：明扣、暗扣、鴛鴦扣、子母扣、連環扣……。因爲「無扣不成書」，因此有「聽戲聽軸子，聽書聽扣子」之論。作者暗喻大老爺很像是在演一場與自身無關痛癢的戲，隨著情節需要而壓扣子。而就在這樣的一齣戲裡，陳老三竟然才是今天這場戲的要角！他將一人分飾多角，由衙役轉身換裝，陡然列入了證人席；再由打人的差爺，搖身一變而演成被打的苦主！

四、天，始終未明

因爲捕房的老衙役與大老爺的小隊子之間相互爭功，陳老三被迫在昏暗不明的光線下假扮悅來客棧的店東，以此蒙混過關來爲「本鄉本地人」爭面子！他得當衆一口咬定不認識戴某。這使得陳老三成爲決定這樁案情就此沉冤谷底的關鍵性人物！

儘管老三的第一個反應是：「幹麼我要百依百順幹這種刀口上懸事？」（朱西甯，二○○三，三○二）然而黑八等人並沒有給他思考的餘地，而可奇怪的是，陳老三一點兒也沒想到不要領這害人的差使，卻只管被攝了魂似的跟著黑八緊一段慢一段兒奔，直到他迷迷糊糊給綁架到堂口上，給捺著跪下來。於是他只能把這個「玩人的勾當」當作眞事兒辦了。他的被動，使人意識到老三已逐漸地滾入共犯結構中。及至上了大堂，他竟然主動地學起那小媳婦很得體的話頭，直說：「句句實情……句句實情！」雖然心裡還有一絲反悔：「快點完結罷，再不押我下堂，我可要撐不住了！」（朱西甯，二〇〇三，三〇三）及至捱板子的那一刻，作者又再度做了腳色的調換，將陳老三從打人的，陡然換成了挨打的。然而就在陳老三不停地變換腳色和戲分的過程中，堂上那一大群衙役竟然也相當稱職地演出他們最拿手的好戲：

> 可不大對勁兒，一點兒沒感到疼痛，這不是給我揮身上的灰塵麼？聽那砰兒砰兒打在袍子後襟上的響聲可又不小，這樣子饒是打上一萬大板也傷不了一個汗毛、一根布絲兒的。（朱西甯，二〇〇三，三〇三）

陳老三終於恍然大悟，這群老衙役才眞是戲臺上的高手！而且使的是眞功夫，能輕重緩急地拿捏手中的毛竹板。「不簡單，我算服了這些老衙門。」（朱西甯，二〇〇三，三〇三）

隨著時間悠緩地遞移著，天色大亮之前，老三經歷了一場史無前例的戲場人生！這齣戲將要結束之前，他的神智已逐漸清明，儘管五十大板可以使他沒當一回事兒，可是他究竟犯了甚麼錯？就算他眞是悅來客棧的老闆，又憑甚麼要捱板子？這事一旦說不過去，就會關係到老三今後是否願意繼續在衙門裡當差。

依然是「破曉時分」，天色未明，堂上遂點著一對大蠟燭，在燭光的照耀下，「堂上堂下除掉大老爺那張鬆泡泡浮腫的臉子，什麼都被這黑森一片給埋進去了。」（朱西甯，二〇〇三，二七三）這樣一束光線聚焦在大老爺不見天日的黃胖子臉盤上，陳老三訝異道：「似乎還該生一領赤紅風揚的虬髯，廟裡常見的鬼判兒。」（朱西甯，二〇〇三）可是眼前卻只是彌天蓋地的黑暗中，留一個口兒，露出那麼一點兒亮光，打那兒探進來一張屍臉。大老爺的屍臉意味著冤案終究就不會在朱西甯的筆下超生，從故事的起頭：

風雪已住，一打開房門，眞以爲天亮了，遍地的白雪耀眼……。（朱西甯，二〇〇三，二八一）

到故事的結尾：

雞叫了，遠處，近處，齊聲要叫一個天明。天可老不見明。（朱西甯，二〇〇三，二九一）

天明已是假象，當這女犯被架下去，腦袋深深的垂著，手深深的垂著，長髮也深深的垂著，在堂口的燭光裡閃轉了一瞥，便沉進黑地裡。那一雙腿軟軟的，好像把骨骼抽去了……。這女犯已經等不到天明了。朱西甯在通篇第一人稱敘事之餘，也曾以全知觀點穿透女主人公的內心世界，進而勾勒出一頁女性的血淚史。

多少逗人疑心又逗人心寒的腳步聲，總是那樣的戲弄人。乾雪一波一波的撒上紙窗櫺上來。那樣的年歲，被埋在冰雪和肚肌裡，該是盼著爹回來罷，娘回來罷，可這小丫頭盼的是她四十歲落魄潦倒的老郎君；盼一點柴米，或許一點一知半解的恩情，被擺弄完了所換來的一點口腹之需，該都是太早就已認命的默默吸吮的苦汁了。（朱西甯，二〇〇三，二七七）

小娘子瞪著八仙桌上的銀子。「圓圓的一堆，那是墳呀，埋她的。」（朱西甯，二〇〇三，二七八）

「眞的你捨得賣我？」（朱西甯，二〇〇三，二七九）

小娘子雖是餓極了，總還有空兒問那麼一聲，而此時她的胃裡已像燒火一樣的饑荒，所以不是那麼一片一片揭著雲片吃了，竟是窮凶極惡的啃著呑著。同時那壓在身上的男人也像燒火一樣的饑荒，那麼窮兇極惡的啃咬。朱西甯以犀利的筆觸，刻劃出兩性之間本質上就是一個以物易物、各取所需的小市場。

此外，作者更試圖回眸省視〈錯斬崔寧〉中，張君薦隨口說出的「戲言」，其背後透露出的是一個怎樣性別不平等，且物質匱乏的蠻荒社會。在朱西甯的眼中，「巧禍」早已成定局，他沒有朱素臣的樂觀，寫出一個不惜罷官也要翻案的青天大老爺。那一夜小娘子沒有闔一闔眼，守著的就是那堆灰白燦燦的，用來埋她的小墳頭。青天已是晦暗不明，然而「戲言」卻大有深意！朱西甯對這篇古老話本的看法，或許可以直接用他自己的說法來概括：「都是笑話，叫人半信半疑，只有日子過得這等饑荒才是眞的。」（朱西甯，二〇〇三，二七八）

小娘子在破曉之前，只顧想著心事，冰冷的長夜將人熬乾，魂也失落了，淚在眼裡結成冰花兒。

冬夜眞長，寒雞一遍又一遍的啼鳴，這才催來了遲遲疑疑的破曉。（朱西甯，二〇〇三，三〇四）

而陳老三也很迷惑，他不明白自己被差使做了些甚麼，他只覺得天亮之前得急急的離開這樣的地方，急急的要脫掉這一身骯髒的大袍子，一刻也不能等待！但是黑八卻緩緩地說：「吃衙門這行飯，也就是那麼回事兒；一回生，兩回熟……」（朱西甯，二○○三，三○五）因此「破曉時分」同時意味著陳老三上工的第一天，始終處於半生不熟的狀態，彷彿窗外的天色，「說夜不夜，說晝不晝，儘管匆匆間不會久留，可是等日出還須一段兒時辰……。」（朱西甯，二○○三，三○五）

參考書目

〔元〕〈錯斬崔寧〉，《京本通俗小說》，世界書局股份有限公司，一九九六年四月一日。
〔明〕馮夢龍，〈十五貫戲言成巧禍〉，《醒世恆言》，三民書局，二○○七年一月一日。
〔清〕朱素臣，《雙熊夢》，吉林文史出版社，一九九七年十月一日。
朱西甯，《破曉時分》，印刻出版有限公司，二○○三年四月初版。

筆記頁

筆記頁

筆記頁

國家圖書館出版品預行編目資料

文學千山路——民國作家評賞／朱嘉雯著.
—— 初版. —— 臺北市：五南，2020.05
面； 公分
ISBN 978-957-763-962-2（平裝）

1.中國文學 2.作家 3.文學評論

820.908 109003735

1XGZ

文學千山路——民國作家評賞

作　　者 — 朱嘉雯（34.6）
發 行 人 — 楊榮川
總 經 理 — 楊士清
總 編 輯 — 楊秀麗
副總編輯 — 黃文瓊
責任編輯 — 吳雨潔
封面設計 — 姚孝慈
插圖繪製 — 吳佳臻、林明鋒
出 版 者 — 五南圖書出版股份有限公司
地　　址：106台北市大安區和平東路二段339號4樓
電　　話：(02)2705-5066　　傳　　真：(02)2706-6100
網　　址：http://www.wunan.com.tw
電子郵件：wunan@wunan.com.tw
劃撥帳號：01068953
戶　　名：五南圖書出版股份有限公司
法律顧問　林勝安律師事務所 林勝安律師
出版日期　2020年5月初版一刷
定　　價　新臺幣320元

經典永恆·名著常在

五十週年的獻禮——經典名著文庫

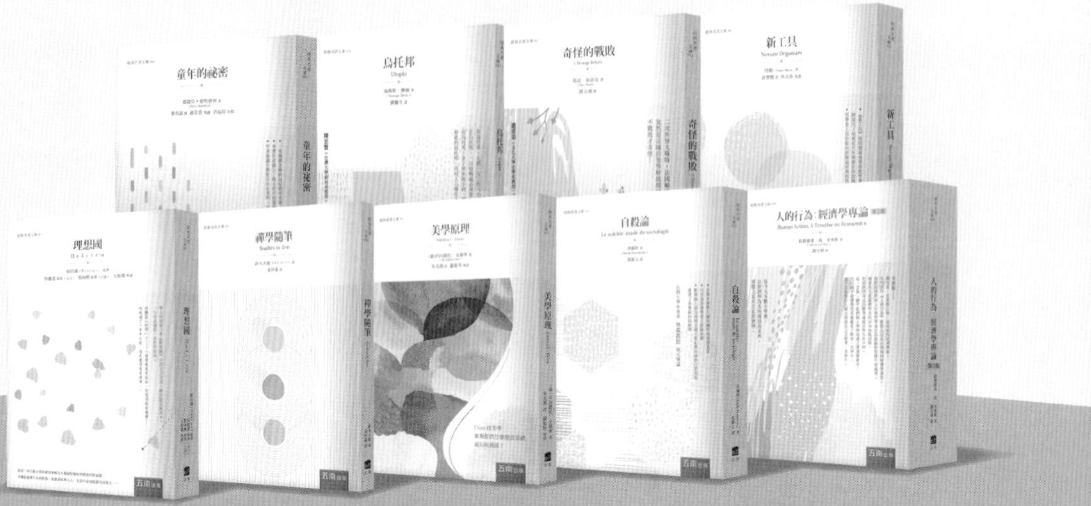

五南，五十年了，半個世紀，人生旅程的一大半，走過來了。
思索著，邁向百年的未來歷程，能為知識界、文化學術界作些什麼？
在速食文化的生態下，有什麼值得讓人雋永品味的？

歷代經典·當今名著，經過時間的洗禮，千錘百鍊，流傳至今，光芒耀人；
不僅使我們能領悟前人的智慧，同時也增深加廣我們思考的深度與視野。
我們決心投入巨資，有計畫的系統梳選，成立「經典名著文庫」，
希望收入古今中外思想性的、充滿睿智與獨見的經典、名著。
這是一項理想性的、永續性的巨大出版工程。
不在意讀者的眾寡，只考慮它的學術價值，力求完整展現先哲思想的軌跡；
為知識界開啟一片智慧之窗，營造一座百花綻放的世界文明公園，
任君遨遊、取菁吸蜜、嘉惠學子！